아버지라는 이름으로

아버지라는 이름으로

초판발행   2021년 3월 8일
지 은 이   황준호
펴 낸 이   류한경
펴 낸 곳   한스북스

출판등록   2011년 11월 15일 제301-2011-205호
주   소   (04627) 서울시 중구 퇴계로 32길 24, 301(예장동, 예장빌딩)
전   화   02) 3273-1247

ISBN 978-11-87317-09-8 03810

아버지라는 이름으로

황준호 지음

딸아이가 결혼을 한답니다. 낯섭니다. 언젠가 떠날 아이라 생각은 했지만, 막상 결혼 통보를 받으니 적잖이 당황스럽습니다.

인생은 늘 끊임 없는 낯섦과의 만남이었습니다.

아이들이 태어날 때도 그랬습니다. 순간 나는 아버지가 돼 있었고 아이들이 자라는 과정 모두 낯설었습니다. 한 번도 경험하지 못한 순간들이 이어졌고 그때마다 나름 원칙을 갖고 열심히 마주하였습니다. 하지만 지난 시간을 되돌아보니 좌충우돌 우왕좌왕의 연속이었습니다. 특히 나와 세 아이들과의 관계는 더욱 그러했습니다.

나무를 이식하면 그 해에는 거름을 주지 않습니다. 나무의 성장 과정을 보면서 거름의 양을 조절합니다. 양이 조금만 넘쳐도 열매를 맺지 않거나 죽어버립니다. 수백 년 된 고목도 그런 섭리에 순응하였기에 오늘의 거목이 된 것입니다.

나는 아이들을 지름길로 안내하는 것이 사랑이라고 생각했습니다. 그들이 감당할 수 없음에도 많은 지식과 정보를 소유하게 하는 것이 자식을 위하는 일이라 여겼습니다.

4

나의 열정과 욕망이 타오르면 타오를수록 대지에 뿌리도 채 내리지 못한 여린 자식들이 누렇게 시들어가고 있다는 사실을 발견했습니다. 아이들이 잠시 쉬었다 가길 원할 때 나는 더욱 강하게 몰아쳤습니다. 그들이 고사 직전이란 사실을 깨달을 때까지 말입니다. 사랑한다는 명분으로 아이들에게 돌이킬 수 없는 상처를 준 것입니다.

나는 늘 최고의 아버지라 생각하고 행동했지만, 그것은 엄청난 착각이었습니다.

고백하자면 특히 장남 얼에게 너무 미안할 뿐입니다. 내 욕망이 없었다면 훌륭한 재목으로 성장했을 아이입니다. 최소한 지금보다는 좋은 모습으로 자랐을 나무지요.

아버지도 철이 듭니다. 저도 철이 드나 봅니다.

이제라도 바람직한 아버지가 되는 수업을 받고 싶습니다. 우리 아이들의 얼굴에 행복을 듬뿍 안기는 그런 아버지 수업 말이죠.

목차

2천 원이 아까워 태어난 아이

분유는 물론 우유조차 구하기 힘들었던 1950년대, 두 살 터울로 태어난 큰형님과 둘째형님을 수유로 키운다는 것은 어머니에게는 힘겨운 일이었습니다.

모유가 부족했던 둘째형님은 두 눈에 구더기가 나올 정도로 영양 상태가 말이 아니었습니다. 밤죽을 먹여도 몸이 부실했고 급기야 민간요법인 새앙쥐까지 끓여서 영양을 보충해야 했습니다.

어머니는 2년 후 셋째형님을, 또 2년 후엔 누님을 낳으셨습니다. 그때는 하루 밥 세 끼 수저를 드는 것만으로도 중산층은 되는 시절이었습니다.

집이 서울이어서 외갓집 식구들과 6촌, 8촌 친척들이 서울로 일을 보러오면 숙박은 물론 먹을거리까지 우리 집에서 해결했습니다. 그러다 보니 우리 집에는 손님이 끊이는 날이 없었습니다. 다행히 방 열 개짜리 여관과 임대를 준 가게가 셋이 있었고 월세를 받는 단칸방 가구가 열 개나 되었습니다.

여관방에서 쏟아져 나오는 빨래들과 식구들 식사 그리고 집 청소 그 모든 것이 어머님의 몫이었지 누구 하나 거들어 주는 이가 없었습니다.

이런 힘든 상황에서 당신의 뱃속에는 또 다시 생명체가 꿈틀거렸습니다. 가뜩이나 지친 심신이었기에 어머니는 아무도 모르게 산부인과를 찾았습니다.

하얀 가운의 의사 선생님이 권했습니다.

"낙태하려면 빨리하시는 게 산모의 건강에도 이롭습니다."

어머니는 떨리는 목소리로 말했습니다.

"비…용…은… 얼마나 드는지요?"

"2천 원입니다."

그 당시 쌀 한 가마(80kg)의 가격이 3천 원이었습니다. 2천 원이라는 말에 어머니는 갈등을 느끼셨습니다. 쌀 한 가마니면 우리 가족이 보름 이상은 먹을 분량이었습니다.

'넷이나 낳았는데 하나 더 낳아서 키워보지. 더욱이 2천 원이라는 거금을 들여 낙태를 하려니 비용이 너무 아깝다'라는 생각이 들었습니다.

이런 어설픈 작심의 결과로 세상의 빛을 보게 된 것이 막내인 '나'였습니다. 막상 낳고 보니 울며 보채지도 않고 잔병치레 없이 무탈하고 건강하게 컸습니다.

(하지만 이것은 일방적인 어머님의 말씀이고 워낙 어머님이 분주하신 터라 한가하게 나를 돌볼 여력이 없었다. 그 많은 빨래를 매일 해야 했고 사람들이 올 때마다 수시로 밥상을 차려냈다.

그런 경황에 나란 존재까지 신경 쓸 여력이 없었다.)

어머니는 때때로 이런 말을 하셨습니다.

"열 손가락 깨물어 안 아픈 손가락이 없단다."

어머니의 새끼손가락을 살포시 깨물었습니다.

"새끼손가락이 아파요 안 아파요?"

"아파."

이번에는 힘껏 깨물었습니다.

"아파요? 안 아파요?"

어머니는 통증에 어쩌지를 못하십니다.

"아야… 아야….''

더욱 손가락을 문 이빨에 힘을 주었습니다.

"아…아…악!"

"아파요? 안 아파요?"

"안 아파."

"보세요. 새끼손가락은 아프지 않죠."

어머니는 빨갛게 변한 새끼손가락에 입김을 불어댔습니다.

어머니의 얼굴은 조금은 섭섭한 표정으로 변했습니다. 난 정색을 하며 호기롭게 말을 했습니다.

"제 입으로 꼭 이야기해야 하나요? 어머니도 말씀하셨잖아요? 2천 원이 아까워서 저를 낳으셨다고요."

목소리의 톤을 더욱 높였습니다.

"만 원도 아니고 5천 원도 아닌 2천 원이 아까워서 저를 낳으셨잖아요."

나는 당신의 손에 만 원짜리 지폐를 당신의 손에 움켜 주며 말을 이어 나갔습니다.

"그 때 저한테 말씀하셨으면 이렇게 만 원을 드리면서 말했을 겁니다. '절대 낳지 마세요.'라고 말입니다. 어머니도 8천 원이 남아서 좋았고, 전 이런 모진 세상 안 봐서 좋았을 것이라고요. 그러면 진짜 좋은 모자관계를 맺었을 터인데 2천 원을 아끼시는 바람에 저는 그 모진 세파를 맞으면서 살게 되었습니다."

어머니는 따사로운 눈길로 저를 보듬어주셨습니다.

"막내야! 만약 내가 너를 안 낳았으면 얼마나 노후가 쓸쓸하고 허전했겠냐?"

"어머니의 그런 생각이 얼마나 이기적인지 아세요. 내가 이런 말까지는 안 하려고 했는데 아직도 저를 낳은 것에 미안해하지 않으시기에 말씀드립니다. 아까 드린 돈에서 2천 원으로 저를 반품하시고 거스름돈 8천 원 주세요. 저를 반품해 주신다면 만 원 다 드릴 생각이었습니다."

어머니 품에 어리광스럽게 달려들었습니다.

"엄마 만 원 드릴 터이니 저를 반품해 주세요. 거스름 돈 안 받을 터이니 말입니다."

"지금 반품하는 게 인력으로 되냐?"

"한 번이라도 저를 반납 처리하여 저를 편안케 하여 주겠다는 생각은 한 번도 생각해보신 적 없으시죠?"

당신은 나의 말에 어처구니없어 했습니다. 난 다시 당신의 새 끼손가락을 입 안에 집어넣었습니다. 당신은 기겁하며 손사래를 쳤습니다.

"그만… 그만… 아프단 말이야."

"2천 원 아끼느라 저를 낳은 거 반성하세요, 반성 않으세요?"

내가 다시 당신의 새끼손가락을 이빨로 거칠게 깨물자 이제는 연로하신 어머니는 통증을 호소하며 말하십니다.

"반성한다."

"어머니는 다시 환생하여 이런 모자 맺으면서 살자 하셨는데 요. 만약 어머니 말씀대로 후생에 또 같은 상황이 전개된다면 그 때는 꼭 저를 반품하셔야 합니다. 자 약속!"

난 새끼손가락을 어머니의 새끼손가락에 억지로 깍지를 끼웠 습니다.

어머니의 눈가에는 진한 빛깔의 서운함이 묻어 나왔습니다.

내가 일기를 쓰는 이유

일기를 씁니다. 매일 쓰는 게 아니라 생각 날 때마다 적고 싶은 사연이 있을 때마다 글을 씁니다. 주변의 아름다운 것이 보이면 그 감흥에 대하여 적고, 일상의 일과 중 특이한 느낌이 있을 때 그 감정을 글로 옮깁니다.

빛바랜 일기책을 보면 나도 모르게 예전의 내 모습이 떠오르고 잔잔한 향수에 잠기게 됩니다. 그 작은 행복은 나에게 너무나도 소중한 것들입니다.

지나간 나의 작은 이야기들이 오늘의 나를 만들어 주었습니다. 그 시절에는 몰랐지만 나와 마주했던 그 모래알같이 작은 조각들이 소중한 추억이 되어 나를 정겹게 합니다.

그 소중함이 있기에 '부끄러운 일기를 쓰지 말자'라는 것을 되뇌며 매사에 신중하고 공평하게 일 처리를 합니다.

일기란 자신과의 싸움입니다. 일기장의 하얀 여백을 거짓으로 메우는 이는 없을 겁니다. 매사 자신을 돌아보며 귀한 이들과의 대화를 적어 나갑니다.

일기는 망각의 존재인 나에게 소중한 이들을 기억하며 그들이 나에게 베푼 은혜로움에 감사하며 살라고 이야기합니다.

일기란 '소중한 벗'입니다. 자신과 항시 대화하는 일기야말로 자신의 성숙을 위한 소중한 친구입니다.

아이들은 일기를 쓰지 않습니다. 일기의 소중함을 아무리 말해도 그 달콤함을 맛보지 못하기에 일기를 적지 않습니다.

난 아이들에게 일기를 쓰라고 강요하지는 않습니다. 나에겐 일기가 자긍심과 행복으로 와닿지만 다른 이들 또한 각자의 문양으로 각자의 행복을 만나기 때문입니다.

나에게 일기장은 4권입니다. 세 아이 각자에게 줄 3권의 일기장입니다.

인간은 외로운 존재입니다. 아무리 친한 벗이 있어도, 친한 이웃이 있어도 자신의 곁에는 아무도 존재하지 않는다는 고독에 잠깁니다. 나는 내 아이들에게 벗이 되고 싶습니다.

하지만 아이들은 아직 어리기에 아버지를 잘 이해하지 못합니다. 그들이 내 나이가 되면 지금 내가 느끼는 고독이나 외로움을 마주할 것입니다.

사춘기 시절, 나에게 있어 아버님은 불만의 대상이었습니다.

그러나 나이를 먹으니 그토록 배척하고 싶었던 아버님의 모습이 내 얼굴에 투영돼 있네요.

친구들이 불만족스러웠던 자기 아버지 모습이 스스로의 모습과 판박이라는 이야기를 하는 순간 난 작은 충격을 받았습니다.

친구들은 어릴 때 아버지를 이해하지 못한 자신을 책망합니다. 그리고 자신들의 불편한 마음 때문에 홀로 힘들어하셨을 당신들에게 뒤늦게나마 미안해합니다.

그런 모습을 보며 나는 결심했습니다. 내 아이들 역시 나의 길을 걸을 터이고 내 나이가 되었을 때 그런 당혹감에 빠져들게 하지 말아야겠다고.

나는 그동안 써온 일기를 통해 아이들과 대화를 하고 싶습니다. 비록 내 육신이 사라지더라도 자신들의 이야기들 들어줄 벗으로서의 일기장을 전하고 싶습니다. 그들이 아버지의 일기를 보노라면 나보다 현명하게 자신의 가족을 돌볼 것이고 지금 나보다는 훨씬 지혜롭게 처신할 것입니다.

그러기에 아이들에게 줄 일기장에 글을 적어 나가는 것은 내 일기장에 글을 채우는 것보다 더 큰 기쁨이 있습니다.

손편지

아이들 생일이 되면 손편지를 전합니다.

연말연시가 되면 아이들 모두에게 카드를 보냅니다. 되도록이면 우체국에 직접 찾아가 따끈한 새 우표를 봉투 위에 붙입니다.

신혼 초 아내는 쌍둥이를 임신하고 있는 상태였기에 내 마음은 크게 불편했습니다. 아내의 생일 날 아무것도 해 줄 수 없다는 현실에 나는 썰렁한 저녁상을 차려 주고 그 위에 '이 세상의 모든 것을 주어도 부족한 당신에게 아무것도 해줄 수 없기에 애탐과 상심으로 검게 그을려 버린 심장만을 선물할 수밖에 없네요.'라는 편지 한 장을 올려놓았습니다.

편지를 본 아내는 하염없이 눈물을 흘렸습니다. 나의 눈시울도 촉촉해졌습니다. 아내의 온 몸에는 따사로운 사랑이 번지고 있었습니다.

아내는 말했습니다.

"이 세상 어떤 선물보다도 그 편지만큼 값지고 소중한 것은 없어요."

그 편지의 내용 중 한 구절이 아내의 가슴에 오랜 시간 각인이 되었나 봅니다.

세 아이의 아버지가 되었을 때도 난 가족들의 생일 날과 크리스마스 날이면 잊지 않고 편지를 씁니다.

아내는 가족들의 생일이나 기념일 같은 특정한 날을 유난히 챙기는 편입니다. 그러나 내 선물은 직접 쓴 손편지를 전하는 것입니다.

편지를 쓸 때마다 가족의 일상에 관한 덕담을 떠올립니다. 그 글을 보고 잠시라도 자신을 돌아보거나, 아버지가 자신을 관심과 애정으로 지켜보고 있다는 사실을 안다면 그보다 더 보람된 일은 없을 것입니다.

그것은 자식을 가진 사람만이 누리는 특권이기에 편지의 여백을 꽉꽉 채워 씁니다. 건강하고 올곧은 이로 자리매김하는 것을 진심으로 바라는 아버지의 마음을 전합니다.

때로는 그 편지를 대수롭지 않게 대하는 아이들의 표정을 보면 조금은 섭섭하기도 합니다. 아내 외에 한 번도 답장을 받은 적이 없지만, 은연중 아이들이 즐거워하고 자랑스러워하는 모습을 보는 내 얼굴에는 행복한 미소가 사라지지 않습니다.

가까이하기엔 너무 먼 장남 '얼'

임진왜란 때 용인전투에서 1천 6백 명의 병력으로 5만 명이 넘는 조선군에게 패배를 안긴 왜장이 있습니다. 명장 반열에 오른 와키자카 야스하루라는 왜장이 그 사람인데 한산도 전투에서 이순신 장군을 만나 패장이 되었죠.

그는 "내가 가장 죽이고 싶은 이는 이순신이요. 내가 가장 차를 마시고 싶은 이도 이순신이요, 내가 가장 존경하는 이도 이순신." 이라고 말했다고 합니다.

나는 장남을 가리켜 말합니다. '내가 가장 멀리하고 싶은 이는 황얼이요, 내가 가장 대화하기를 꺼리는 이도 황얼이고 내가 가장 가까이하고 싶은 이 역시 황얼이면서 제일 사랑하는 이도 황얼'이라고….

사람들은 각자 특유의 문양이 있습니다. 각자 자신이 좋아하는 것, 잘하는 것, 고유의 향기가 있습니다.

나는 사람들을 대할 때 그들의 단점이나 약점을 보지 않습니다. 상대방의 장점을 보면서 대하면 대화가 편해지기 때문입니다. 설령 그들의 불편한 행동이나 말로 인해 당혹스럽더라도 웬만한 일에는 그저 미소로서 화답합니다.

하지만 큰아이 얼이 상대방의 시시비비를 가리려 할 때면 당황하게 됩니다. 설령 그 상대가 부모라도 자신의 마음을 표출하는 데 한 치의 주저함이 없습니다.

"세상에는 네가 이해할 수 없는 황당한 인간들도 존재한단다. 그들에 대해 어떻게 매사 옳고 그름을 따지냐?"

"전 그걸 아빠한테 배웠습니다. 시간이 가면 갈수록 제 자신은 아빠를 닮아갑니다."

"내가 너처럼 행동하라고 언제 말했냐?"

"옳은 것은 옳고 그른 것은 그르다고 표현하라고 하셨잖아요."

"일 처리를 함에 있어서 상대방이 네 생각과 다를 때에는 때론 가슴이나 머리에 담는 것으로 그치고 항시 모든 사람에게는 미소로써 처신하라고 말했다."

"왜 몸과 마음이 따로 행동합니까?"

"세상은 혼자 사는 것이 아니기 때문이란다."

"아빠는 어제 이야기와 오늘 이야기가 다릅니다."

"상황에 따라 사고와 행동을 달리할 수 있는 거란다. 그것을 융통성이라 하고 지혜라고도 한다. 아빠는 네가 지혜로운 삶을 살았으면 좋겠구나."

"잘못된 것을 잘못된 것이라 말하는 것이 잘못된 겁니까? 잘못된 것을 지적해 주었을 때 그것을 고치지 않고 행동하거나 연장

자라는 이유 하나만으로 옥박지르고 당신들의 논리로 저를 설득하려 하는 것이 잘못된 거지요. 수백 번 생각해보아도 제 말과 행동이 옳습니다."

"네 말에 토를 다는 것이 아니다. 어릴 때 내가 너에게 영어라는 것이 살아 나가기 위해 절대로 필요한 것이라고 이야기했을 때 너는 무어라 했냐? 넌 영어를 배우지 않고도 누구보다 잘 살 수 있다고 호언하지 않았냐? 단지 아빠에 대한 반감 때문에 말이다. 10대의 사고와 20대의 사고는 변화하니 너를 사랑하고 소중하게 여기는 이의 말에 호의를 가지고 대하라고 수도 없이 이야기했건만 넌 그때마다 고개를 저었고 네 작은 세계의 감정으로만 모든 일을 처리하였다."

잠시 목소리를 가다듬으며 애써 부드러운 목소리로 아들에게 다가갔습니다.

"성인이 되니 넌 영어 공부를 하더라. 그게 잘못되었다는 것이 아니라 막상 성인이 되고 보니 영어라는 것이 네가 살아갈 때 필요한 도구라고 네가 알았기 때문이었지."

"제가 요식 경영을 하려 하니 외국 식문화를 알아야 하겠기에 영어라는 것이 필요하다는 것을 깨달았습니다. 그래서 열심히 공부했고요."

"그렇게 자신의 생각이 변하는 것은 바람직한 일이란다. 더욱이 너보다 너를 더 아끼는 엄마나 아빠가 조언을 하면 잠시 자신의 주관을 잠재우고 당신들의 이야기를 한 번 더 생각하는 여유로움을 갖는 것이 바람직하지 않을까?"

"항시 아빠는 아빠의 틀에 모든 것을 꿰맞추려 하십니다. 한 번도 내 말을 듣고 생각해보신 적이 없습니다."

아들과의 대화는 평행선만을 달리며 서로 불편한 감정만 쌓이게 합니다. 육두문자의 신호가 오면 나는 대화를 끊습니다. 둔탁해진 머리를 안고 침대로 가서 대자로 눕습니다.

아내가 겸연쩍은 미소를 지으며 침대 곁으로 다가와 앉습니다.

"큰아이 성격이 그러니 이해하세요. 그래도 어느 아들이 먼저 아빠와 대화를 하자고 하나요? 다른 집 아이들은 아빠가 대화 좀 하자고 하면 이상한 눈초리로 달아나기가 급급하다고 합디다. 얼이는 아빠와의 대화에 저토록 목말라 하지 않나요? 당신은 복에 겨운 줄 아세요."

아내는 장남을 가장 사랑합니다. 가족 중에서 아내를 가장 정겹게 챙기는 것이 장남이기 때문입니다. 엄마가 원하는 것이라면 그것이 아무리 비싼 것이라도, 생일이나 기념일이 아니더라도 기꺼이 엄마의 손에 쥐여 주어야 직성이 풀리는 아이입니다.

서른이 넘은 나이인데도 길을 걸을 때 엄마의 손을 잡고 다니는 것이 행복한 아이입니다. 매일 자신의 일과와 자신의 내일을 이야기하고 엄마의 일상을 들어야 행복해하는 아이입니다.

지금 그는 부천에서 혼자 살고 있습니다.

그의 가장 큰 행복은 엄마와 단둘이 게임을 하는 것입니다.

얼이는 수시로 전화합니다.

"엄마, 언제 내 집에 올 거야?"

"가긴 가야 하는데….”

'부천에 가겠다.'라는 확인이 없으면 얼이의 목소리는 금세 어두워집니다.

"도대체 몇 살인데 아직도 지어미랑 놀 생각을 하냐? 장가갈 나이에 여자 친구랑 놀면 되지 다 늙은 남의 여편네 꼬드겨 놀 생각이나 하니, 난 당신과 얼이가 이런 통화를 할 때면 그애가 답답해져."

아내는 하얀 미소를 지으며 자랑질을 합니다.

"내 친구들이 얼마나 부러워하는데, 길을 걸을 때 엄마와 손잡고 걷는 아들은 하나도 없데. 게임을 같이 하자고 하는 아들은 더더욱 없고…."

"원래 남자아이들은 그게 정상이야. 당신 아들이 비정상인 거지….”

땀땀이 집에 오기라도 하면 엄마에게 큰 목소리로 역정을 냅니다.

"엄마 아직도 이거 안 버렸어! 내가 이야기 한 것 하나도 안 했네. 빨리 이리 오세요."

냉장고 문을 열고 안 먹는 음식물들을 과감히 꺼내 방바닥에 내팽개칩니다. 음식물들이 담긴 통들을 싱크대에 쏟아 버립니다.

"봐 이거는 상했잖아."

"어차피 안 먹을 거 뭐 하러 이렇게 짱박아 놔?"

얼이는 냉장고 위 칸부터 아래 칸까지 모든 것들을 꺼내 놓습니다. 마치 자기가 윗사람이라도 되는 양 엄마를 호출하며 언성을 높입니다. 주방에 있는 모든 것들이 지적질의 대상입니다.

엄마에게 감히 할 수 없는 말과 행동을 거리낌없이 해댑니다.

나 역시 어지러운 주방을 볼 때마다 짜증이 나고 부아가 치밀어 오르지만 혼자 조용히 청소하는 것으로 마무리합니다. 아내는 그런 모습에 조금은 자극을 받으면 좋으련만 일부러 모른 척하는 건지 일절 반응이 없습니다.

얼이의 겁박이 더는 감내할 수 없는 지경까지 되면 멋쩍게 얼이 곁에서 주눅 들어 있던 아내가 갑자기 큰소리로 외칩니다.

"나 안 해."

그렇지만 아내는 더 이상 얼이한테는 화를 낼 수 없기에 그냥 침대에 누워버립니다. 아내의 눈에는 이내 눈물이 고이고 나는 나대로 신경질을 냅니다.

'지 각시도 아닌데. 내 각시인데. 더욱이 지 모친인데 눈물까지 흘리게 하다니….'

이런 생각에 얼이를 혼내려고 벌떡 일어나 아들한테 가려고 하면 아내는 나를 만류합니다.

"싱크대 주변과 냉장고 안이 너무 지저분해 오늘 얼이와 함께 치우기로 약속했거든. 그런데 막상 청소하려 하니 엄두가 안 나. 어디서부터 어떻게 치워야 할지…."

"그러면 안 한다고 하면 되잖아."

"자기가 도와줄 테니 정리 좀 하자고 말 한 게 벌써 몇 번 되거든, 내가 봐도 너무하기도 하고."

"그런데 이렇게 눈물까지 흘려요?"

만약 내가 얼이처럼 아내를 몰아세웠다면 난 상상 이상의 대가를 치르고 있을 것입니다. 아들을 향한 아내의 눈빛은 매섭기는 하지만 무언지 모를 따뜻한 정감이 숨어 있습니다.

얼이는 정직한 아이로서 건강한 영혼을 가지고 있습니다. 바람이 불어도 곧게만 크는 아이입니다. 그러기에 얼이에게 말합니다.

"넌 정말 좋은 성격과 나쁜 성격이 혼재해 있다. 장점과 단점이 함께 하고 있다는 이야기다."

"네 저도 압니다."

"난 너에게 단점을 고치라는 말은 안 한다. 그 이유는 네 장점을 크게 키운다면 능히 단점을 극복하고도 남음이 있기 때문이란다. 네 장점을 극대화하여 너의 단점까지 흡수하는 방법이 최선인 것 같다. 그 결과는 모든 사람들의 선행자가 되어야 한다. 모든 사람들의 우두머리가 되어야 한다. 감히 너에게는 이견을 건넬 수 없는 강한 사람이 되어야 한다. 그러기 위하여 너는 다른 사람보다 두 배 세 배의 노력을 기울여야 한단다."

"네 저도 알고 있습니다."

"단적으로 네가 다른 사람 밑에서 일한다면 너도 힘들고 윗사람도 힘이 든단다. 그리고 너는 절대로 그 조직에서 제대로 융화할 수 없단다. 하지만 네가 윗사람이 되면 아랫사람들이 훨씬 좋은 시간을 보낼 거라는 것은 확언할 수 있다. 그러니 너의 세계를 만들어 나가는 것이 너뿐만 아니라 너와 마주할 주변 사람들에게도 좋은 그림이 되리라는 것을 장담할 수 있지. 그러니 너는 다른이보다 몇 배는 열심히 정진하여 오늘보다는 당당한 너를 만들어 나가기를 바란다."

나는 아내에게 얼이를 '까칠이'라고 지칭합니다. 아내는 긍정의 표현으로 고개를 끄덕입니다. 하지만 다시 아내에게 말합니다.

"까칠이만큼 여리고 정이 철철 넘쳐 나는 아이도 없어요."

아내는 다시 또 고개를 끄덕입니다.

단 얼이가 곁에 있을 때는 '까치'라고 지칭합니다. 얼이에게는 네가 독고 탁 만화에 나오는 주인공 '까치'와 닮아서 그렇게 부른다고 거짓말을 합니다.

男부럽지 않은 딸 '샘'

내 친구들은 나에게 말합니다.

"넌 딸이 있어 좋겠다. 하나뿐인 딸이라 예쁘고 사랑스럽겠다."

나는 단호하게 화답합니다.

"하나밖에 없어 고마운 딸이지. 만약 딸이 하나라도 더 있었으면 더 이상 가장 노릇 못한다."

우리 딸에게 애교라던가 살가움 따위는 찾을 수 없습니다.

남들이 "자제분이 어떻게 되세요?"라고 물으면 거리낌 없이 대답합니다.

"아들이 셋입니다."

샘이가 막 한글을 배우고 있을 때의 일입니다. 우리 내외가 외출하고 집에 들어오니 방 안 여기저기가 낙서 투성이였습니다.

'엄마 아빠 방, 목욕탕.'

아내가 기겁하면서 아이들을 불러 물었습니다.

"누가 낙서했니?"

나는 순간 얼이 방에 '오빠 방'이라 쓰여진 것을 보았고 범인을 쉽게 알 수 있었습니다. 샘이는 두 눈을 끔벅거리며 슬며시 우리 내외의 눈길을 피했습니다.

"누가 이렇게 낙서를 했냐고?"

다그치는 아내에게 말했습니다.

"미안. 내가 했어요."

샘이를 쏘아보는 아내의 손을 잡고 얼른 방 안으로 들어갔습니다.

"저 돌대가리… 오빠 방이라 쓰지나 말지, 저렇게 낙서하고는 안 들킬 줄 알았나…"

손으로 아내의 입을 막았습니다.

"귀엽잖아. 저 '모르쇠'하는 표정 좀 봐라."

공부를 가르쳐 보니 아이들은 각자 다른 특성이 있습니다.

딸의 암기력은 다른 아이들보다 뛰어나지만, 수학 같은 이해력을 필요로 하는 것은 엄청 둔감했습니다. 내 딴에는 수학을 가르치는 것이 쉬운 일이라 생각했는데 딸에게는 적용이 안 되었습니다. 하지만 집에서 수학 시험을 보면 점수가 잘 나왔습니다.

그 이유를 알고는 웃음이 터져 나왔습니다.

'3+4=?'이란 문제를 주면 딸은 몰래 책장을 3장 넘긴 후 4장을 넘겼습니다. 그리고 넘긴 것들을 표시한 후 다시 한 장 두 장 숫자를 셉니다. 그리고 답을 적습니다.

'13+25=?'이란 문제를 주면 딸은 곤혹스러워했습니다. 시간이 너무 많이 소요되기 때문이었습니다. 책의 페이지를 넘기는 손이 바빠졌습니다.

하지만 '25+98=?'이란 문제를 주면 딸의 표정은 아예 울상으로 바뀝니다. 그래도 포기하지 않고 자신만의 해법으로 안 보이는 곳에서 책장을 넘기며 답을 찾아냅니다.

나는 어린 딸의 그 모습에서 풋풋한 행복감을 맛봅니다.

간혹 노래방에 가면 그래도 여자 아이라고 두 손을 모으고 동요를 부르는 모습에 나도 모르게 '나도 딸 있다'라는 뿌듯함을 느끼기도 합니다.

하지만 여자 인형을 사다 주면 며칠 지나지 않아 옷이 찢어지고 목이 떨어지는 황망한 순간에 직면합니다.

아내가 남자 아이들보다 터프한 딸의 성격이 걱정되어 수도 없이 조언했지만 샘이에게는 '쇠귀에 경 읽기'였습니다.

놀라운 일은 중학생 딸애가 벌써부터 '계'라는 것을 했다는 겁니다. 일종의 '먹기 계'였습니다.

'곱창 계', '돼지껍질 계', '닭발 계'.

이쯤 되면 완전히 몬도가네, 엽기적이라 아니할 수 없겠지요.

"어떻게 집안 사람 아무도 먹지 않는 닭발이나 돼지껍데기를 먹을 수 있냐?"

샘이는 입맛을 다시며 말했습니다.

"아빠, 그게 얼마나 맛있는데요."

하지만 샘이는 사랑스러운 아이입니다.

내가 농사를 지을 때 힘들어하면 얼굴 한 번 안 내미는 아들과 달리 작업복을 입고 나와 농사일을 거듭니다. 벌목을 해 놓아도 덩치가 산만한 아들은 아무도 거들떠보지 않는데 쥐톨만한 작은 체구의 딸이 조그만 바구니를 들고 땔감을 날라다 줍니다.

아내가 마트에 가면 초등학생인 샘이가 짐을 들고 다닙니다. 간혹 샘이의 손에 있는 짐을 빼앗으려 하면 정색을 합니다.

집을 방문한 매형이 가족들에게 영양 보충을 해 줄 요량으로 산에서 방목해 키운 닭을 도살하는 걸 도와달라고 청했습니다. 하지만 나는 정색을 하면서 뒤꽁무니를 뺍니다. 매형은 나란 인간의 실체를 아는지라 더 이상 기대를 하지 않고 포기합니다.

성인이 된 두 아들들에게 '고모부 닭 잡는 것을 도와주라'고 말하니 아이들은 모두 못한다고 뒤로 나자빠집니다.

매형은 우리 가족에게 도움을 기대하지 않습니다. 더 이상 이야기해봤자 피곤함만 더할 뿐 아무 실익이 없다는 것을 잘 알기 때문입니다.

그러나 샘은 다릅니다. 닭장에서 날렵한 닭을 잡으려 땀을 뻘뻘 흘리는 매형을 보고는 그 모습이 안쓰러웠던지 기꺼이 나섭니다. 샘이 도와준 덕분에 순식간에 커다란 닭 4마리가 잡힙니다.

약간 뜨거운 물에 도살한 닭들을 집어넣고는 털을 뽑습니다.

샘이는 땀을 뻘뻘 흘리는 매형의 모습을 지켜만 보는 나를 힐끗 째려봅니다.

"아빠도 닭털 뽑아요."

"나같이 우아한 분이 어떻게 이런 무도한 짓을 자행할 수 있겠냐?"

딸은 퉁명스레 말합니다.

"그럼 여자인 제가 해요?"

주변을 두리번거리면서 말합니다.

"여기 여자가 어디 있지."

자신을 손으로 가리키며 말합니다.

"여기요."

난망한 표정을 지으며 말합니다.

"저는요 아들이 셋 있답니다. 거기 계신 분은 내 두 번째 아드님이고요."

나와 딸의 난감한 대화에 매형은 조금은 짜증 난 어투로 말합니다.

"안 도와줄 거면 차라리 들어가시던가?"

"봐라, 내가 얼마나 일을 하는데 불편한 사람인가를 확실하게 들었지. 난 없는 게 되레 도와주는 거란다."

닭 잡는 일을 할 줄도 모르고, 죽은 닭을 어떻게 가마솥에 넣어

야 하는지를 한 번도 생각해 본 적이 없기에 난 서둘러 뒤꽁무니
를 뺍니다.

시간이 한참 흘렀는데도 샘이 집으로 들어오지 않아 밖에 나
가 보니 매형과 함께 닭털을 뽑고 있습니다.

샘이는 온 몸을 오싹 떨면서 말합니다.

"아이 징그러워."

징그러움에 몸서리치면서도 그 일을 멈추지 않습니다.

"하지만 고기는 달고 맛있어."

열심히 털을 뽑으며 입맛을 다십니다.

"언니가 맛있게 먹어 줄게, 조금만 기다리렴."

딸은 경험이 전혀 없는 이런 일도 척척 해냅니다.

샘이의 어투와 화법은 나를 가장 많이 닮았습니다. 어떤 사람
을 만나든 어느 장소에 있든 유머와 조크로 주위 사람들을 즐겁
게 만듭니다.

얼마 전 친구 내외가 우리 집을 방문했습니다. 워낙 술을 좋아
하는 친구인지라 홀짝홀짝 딸과 대작을 하기도 했습니다.

아들만 둘인 그 친구는 딸에게 술 한 잔 권하며 말했습니다.

"너 내 딸 해라."

딸의 흔쾌한 답변이 돌아옵니다.

"네."

나는 호적을 정리해 준다는 말에 감읍했습니다.

"예전 딸, 고맙다."

"그동안 키워주셔서 고마웠어요. 아저씨."

청산유수로 아무 거리낌 없이 터져나오는 딸의 대답에 나도 모르게 웃음이 터져 나왔습니다.

"와하하하하…."

친구도 딸의 맑고 경쾌한 화답에 큰 웃음을 자아냈습니다.

"하하하하하…."

우리 부부와 딸 샘 그리고 친구 부부 모두 실로 오랜만에 웃음 꽃을 피웠습니다.

이렇게 사람들과 스스럼없이 대하니 주변의 많은 사람들이 딸을 좋아합니다.

단, 자기가 싫어하는 사람과는 말도 섞지 않으려는 것이 흠이지만, 자기 생각과 행동이 워낙 곧은 아이라 그 또한 장점으로 승화시킨다면 더할 나위 없는 성인으로 자라날 거라고 믿습니다.

막내아들 '이듭'

막내 이듭이란 이름은 '가족을 이어 주는 매듭'이라는 뜻에서 지었습니다. 이름 탓인지 이듭이는 가족 화목의 상징 같은 존재입니다.

그 애가 태어난 지 얼마 안 돼 회사에서 일하다가 지게차에 깔렸습니다. 평상시 같으면 쉽게 피할 수 있는 지게차였지만 피곤이 누적된 상태라 몸이 무거워져 지게차 바퀴에 발이 깔린 것입니다. 순간 번개에 맞은 것 같이 전신이 부르르 떨렸지만, 통증을 참으며 일을 끝마쳤습니다.

기숙사에서 잠시 쉬면 나으려니 했는데 통증이 가시지 않았고 퇴근할 때 회사 동료의 도움으로 간신히 집에 도착했습니다.

아내에게 말하면 걱정하겠기에 혼자서 고통을 참으며 뜬눈으로 밤을 지새웠습니다.

아침이 되자 출근하기 위해 기다시피 욕실로 향했습니다. 세면대에 양 손을 짚고 일어나려고 했는데 허리에 힘이 들어가지 못해 바닥에 그대로 주저앉은 채 아내를 불렀습니다.

"부인! 부인!"

아내는 결혼 이후 출근하는 내 뒷모습을 제대로 본 적이 없습니다. '미인은 잠을 푹 자야 한다'는 말을 철석같이 믿고 있는 나인지라 숙면을 취하는 아내를 깨운 적이 한 번도 없었습니다. 그런데 새벽부터 다급한 목소리로 깨우니 아내도 깜짝 놀라 벌떡 일어났습니다.

"무슨 일이야?"

하얗게 질려 있는 내 안색을 본 아내는 기겁했습니다.

"왜? 무슨 일인데…."

"일어설 수가 없어. 119 불러서 병원에 가자."

어제 벌어진 일을 이야기하며 말했습니다.

회사 지정 병원의 간단한 X-레이로도 내 허리 균열이 뚜렷이 보였습니다.

어제 사고가 발생하였고 통증을 참으며 뜬눈으로 밤을 지새웠다고 하니 의사는 어이없어 하면서 말했습니다.

"빨리 큰 병원에 가서서 당장 수술을 하셔야 합니다. 지금 당장 수술을 하지 않으면 부러진 뼈가 신경을 눌러 하반신 신경이 죽어 제대로 걷지 못할 수 있습니다. 수술이 더디면 더딜수록 하반신 신경은 제 기능을 못 합니다."

아내는 의사의 말에 놀라 눈물을 글썽였습니다. 의사의 말에 나도 머리가 둔탁해졌지만, 아내의 등을 다독이며 말했습니다.

"의사들은 다 저렇게 이야기해. 그래야 무슨 일이 생기면 면피가 되거든. 그리고 중요한 건 내가 몸을 움직여야 먹고 산다는 거야. 거기다 아기 빈대 셋과 마누라가 두 눈 부릅뜨고 있는데 우리를 만들어 놓은 조물주가 무슨 욕을 들으려고 내 몸을 망쳐 놓겠냐? 걱정하지 마시게."

되돌아보면 우리 부부는 '철없는 부모' 소리를 들을 만큼 문제가 많습니다.

막내가 태어난 지 겨우 백일이 지났을 무렵부터 어린 핏덩이를 남겨두고 여행을 떠나곤 했습니다.

내가 여행을 가자고 하면 이제 막 유치원에 들어간 얼이와 샘이는 집에 있겠다고 딱 잘라 말했습니다.

내가 가족을 데리고 여행을 간 곳은 개장하지 않은 해수욕장, 인적이 드문 이름 없는 섬, 사람의 그림자라곤 찾아볼 수 없는 강원도 두메산골의 계곡이었습니다. 사람은 자연을 벗하며 살아야 한다는 것이 소신인지라 아이들이 좋아할 놀이공원이나 번잡한 해수욕장은 늘 관심 밖이었지요.

두 아이는 자신들이 좋아하지 않는 곳으로만 가자는 나의 고집을 받아들일 바에야 차라리 집에서 노는 것을 택했습니다. 대신 1박 2일 식비로 아이 일인당 5천 원을 주었습니다. 이듭이를 돌보는 보모비로 5천 원을 추가했고요.

두 아이는 능숙한 손놀림으로 막내 기저귀를 갈아주고 젖병에 분유를 타서 아이에게 먹입니다. 동행한 친구들은 우리의 이런 행동에 기겁을 했습니다.

'유치원에 다니는 두 아이를 놓고 오는 것도 있을 수 없는 일이건만 어떻게 그 어린 아이들에게 핏덩어리를 맡겨놓고 놀러 올 수 있냐?'고 말입니다.

이렇듯 이듭이는 자연스럽게 셋 중 가장 부모 손을 덜 탄 아이로 성장하게 됐습니다.

내가 사고로 인해 어쩔 수 없이 병원 신세를 지게 되었을 때도 아내는 막내를 장모님한테 보냈습니다.

장모님은 워낙 활동적이신 분이라 환갑을 훌쩍 넘기신 나이에도 집안에 계시지 않고 단추공장에 일을 나가셨습니다. 사장에게 양해를 구하고 애를 등에 업고 공장으로 출근하면 이듭이는 일터 구석진 곳에서 조금도 보채지 않고 종일 단추놀이를 하며 장모님을 안심시켰다고 합니다. 조그만 애가 얼마나 조용히 놀던지 일하는 아주머니들이 너무 기특하여 오고 가며 아이의 간식거리를 챙겨주어 장모님은 아이 보는 데 힘이 들기는커녕 시간 가는 줄도 몰랐다고 합니다.

말씀은 그렇게 하셨지만, 나이 드신 장모님이 그 어린 아이를 몇 개월이나 데리고 직장에 다니신 것도 가슴 아픈 일이었고, 한참 부모의 사랑을 받으며 커야 할 그 아이가 부모와 떨어져 있어야 했던 일도 지금 생각해보면 너무나 안쓰럽고 미안하기만 합니다.

어린 그 애는 나를 닮아 잠도 잘 잤습니다. 피곤에 절은 내가 '나 잔다'라고 말하면 '다'자가 끝나기 무섭게 숙면의 나라에 빠집니다.

이듭이도 마찬가지였습니다. 식탁에서 밥을 먹던 도중 머리를 꾸벅꾸벅 조아리다가 잠이 들고 또 어떤 때에는 반찬이 나오는 것을 기다리다가 식탁을 베개 삼아 잠을 취하기도 했습니다. 하지만 그런 상황에서도 양손에 숟가락과 젓가락을 꽉 쥐고 있었지요. 어떤 때는 잠을 자다가 식탁에서 '쾅' 소리를 낼 정도로 떨어져 자지러지게 울고불고 난리가 난 적도 있습니다.

그 모습이 애처롭거나 안쓰러워야 하는데 왜 그리 웃음이 터져 나오는지….

아내 반응 역시 대체로 태평스런 편이었습니다. 아이가 졸린 기색을 보이면 침대에 눕힌다든지 아이를 깨워야 하건만 그저 미소만 지을 뿐 적극적으로 대처하지 않았습니다.

때로는 자는 아이를 보면서 행복한 푸념을 늘어놓기도 했습니다.

"이듭이 때문에 창피해 죽겠어요."

"왜?"

"동네 아줌마들이 오늘도 전화했어요."

"무슨 일로?"

"너네 아들! 오늘도 1층 엘리베이터 옆 계단 난간에 기대어 잠자고 있다. 빨리 찾아가."

그리고 똑같은 목소리로 말했습니다.

"어쩜 애가 저렇게 편안하게 잘 자냐?"

막내 이야기가 주제에 오르면 언제나 행복한 미소가 집안 가득 퍼집니다.

"저 놈은 아비 닮아 가출이 체질에 맞나 봐."

"가출이라뇨?"

"내가 클 때 얼마나 구박과 핍박을 받았는지 말 안 하려고 했는데 이 놈을 보니 옛날 생각이 나네요. 듣고 잊어버리세요."

목소리를 가다듬으며 말을 이었습니다.

초등학교 3학년 때의 일이었습니다.

형님들은 집단적으로 나에게 심부름을 시켰습니다. 당신들에겐 각자 주문이었지만 난 세 개의 강요된 행동을 받아야 했습니다. 노고의 대가는 별반 따뜻하지 않았을 뿐만 아니라 당신들 기분에 내키지 않으면 욕설과 폭력을 행사하기도 했습니다.

특히 둘째형님의 폭력을 견딜 수 없어 가출하기로 마음먹었습니다.

동네에서 멀지 않은 곳에 판자로 집을 만들어 놓고 간단한 침구류와 촛불까지 마련해 놓았습니다.

일단 점심을 든든하게 먹고는 뜨거운 태양이 작열하는 오후 2시쯤에 가출을 실행에 옮겼습니다. 오후 6시가 지나고 7시가 지나갔건만 어머니나 가족들이 나를 찾는 소리는 없었습니다.

온 세상이 까맣게 변하여 밤하늘에는 별들이 초롱초롱 빛을 발하건만 주변에는 개미소리 하나 들리지 않았습니다. 그곳은 집에서 200미터도 안 되는 곳이었습니다.

마음이 편할 리가 있나요. 이런저런 잡념으로 한쪽으로는 분노와 울화가 또 한편으로는 나를 걱정하고 계실 부모님의 모습이 떠올랐습니다. 특히 어머니가 나의 가출로 충격을 받아 쓰러지시지는 않았는지 걱정이 되기도 했습니다.

결국 어머니의 근황만 알아보고 다시 되돌아오기로 결심하고 집 근처까지 갔습니다.

살금살금 발걸음을 옮기는데 갑자기 등 뒤에서 익숙한 목소리가 들렸습니다.

"준호야 지금 시간이 몇 시냐? 너 내일 학교 안 가. 빨리 방에 들어가 잠이나 자."

어머니의 목소리에는 아직까지 잠을 자지 않고 돌아다니는 막내를 걱정하는 마음뿐이었습니다.

나도 모르게 목소리가 움츠려 들었습니다.

"네, 잘게요! 어머니."

'저녁도 안 먹었는데…. 족히 10시간 정도는 가출했는데도 어

머니는 전혀 이 중대한 사건을 알지 못하고 있구나.'

가출했던 막내아들이 무사히 집으로 귀가했을 때 받아야 할 환대도 없고 어머니의 걱정이나 눈물도 없었으나 욕 한 마디 꾸중 한 마디 안 듣고 방으로 들어가 평상시와 똑같이 잠을 잘 수 있었으니 섭섭함보다는 안도감이 앞섰습니다.

막내 이듭이가 초등학교 3학년 2월의 일입니다. 퇴근을 하니 아내가 몸서리를 치며 말했습니다.

"이듭이 때문에 창피해 죽겠어요."

"왜?"

"학교 담임선생님한테서 전화가 왔어요?"

나도 모르게 바짝 긴장했습니다. 그 애는 소리 없이 사고를 치는 시한폭탄인지라 조용히 아내에게 다가가며 물었습니다.

"무슨 일인데?"

"오늘 이 영하의 날씨에 이듭이가 반바지에 스웨터만 걸치고 학교에 갔답니다."

아내의 황당하고 민망스러워하는 표정에 나도 모르게 웃음이 터져 나왔습니다.

"와아하하…."

아내는 나를 흘겨보며 넋두리를 이어 나갔습니다.

"선생님이 아이 복장을 보면서 무슨 생각을 했겠어요? 저를 못된 계모라고 생각했을 거 아니에요."

"당신 계모 맞잖아. 아이들 학교 갈 때 아침 한 번 해준 적 없고, 아이들 옷 한 번 챙겨준 적 없잖아."

막내는 나를 닮아 몸에 열이 많습니다. 화기가 많은 체질을 가진 아이가 그럴 수도 있겠거니 생각하다가 그런 아이의 몸 상태를 고려하지 않은 아내가 섭섭할 따름이었습니다.

얼이와 샘이에게서 배운 결실은 '부모는 절대 자식 교육을 하여서는 안 된다'는 것이었습니다. 그런 이유로 막내만큼은 공부에 관한 한 '청정지역'이었습니다.

두 아이는 만 세 살 때부터 한글과 수학을 가르쳤는데 막내만큼은 초등학교에 들어갔지만, 학교 공부에 관한 한 내가 어떤 관심도 표명하지 않았습니다.

아내는 나에게 자극을 주기 위하여 때로는 심각한 어조로 말했습니다.

"막내가 학교에서 꼴찌에요, 꼴찌."

나는 무덤덤한 표정으로

"음, 그래. 그래서?"

"얼이나 샘이는 안 그랬는데 이듭이는 주워 온 아이처럼 조금도 신경을 안 써요?"

"이듭이는 공부는 못해도 우리 집에서 표정이 가장 밝은 아이잖소. 그리고 당신도 이야기하지 않았소? 이듭이가 전교에서 E.Q

만큼은 제일 높다고 말이오.

저 나이 때에는 저 나이에 어울리는 깨끗하고 아름다운 미소만 짓게 만들어 주는 것이 제일 소중한 교육이오. 난 두 아이에게 미안한 것이 많소. 특히 얼이에게는 내가 죄인이오. 내가 얼이에게도 이듭이처럼 대하였으면 얼이는 지금쯤 훨씬 큰 나무로 자라고 있었을 텐데 내가 그 싹을 잘라 버렸잖소. 그런데 이듭이에게도 그 짓을 또 하라고…. 나는 비로소 아비가 어떤 모습으로 서 있어야 하는지를 깨달았소. 아버지는 자식 곁에서 인내심을 가지고 지켜보며 좋은 묘목으로 클 수 있게 도와주는 것으로 족하오."

막내는 형과 누나와 달리 초등학교 시절부터 천방지축이었습니다.

학교 수업이 끝나면 가스버너와 냄비를 들고 친구들과 함께 집 옆 실개천 둑방에서 라면을 끓여 먹곤 했습니다.

어떻게 보면 철부지지만 순수함이 물씬 느껴지는 행동으로 한 편의 추억을 만든 동심의 소유자라고 할 수 있겠지요.

사랑할 수밖에 없는 아내

나는 이기적인 사람입니다. 결혼할 때 아내에게 이렇게 말했습니다.

"나는 당신이 필요합니다. 그러니 결혼해 주겠소?"

나는 인간들에게 '사랑'이니 '우정'이니 하는 단어가 존재하지 않는다고 생각합니다. '사랑'이니 '우정'이니 하는 단어는 어여쁜 포장재일 뿐 현실 속에서는 존재하지 않는 허상과도 같았기 때문입니다. 물론 사춘기 시절의 열정이 세상을 아름답게 만드는 '진정한 생명'이라고 생각한 적은 있었습니다.

아직도 그 열정의 잔재가 남아있기에 나는 다른 이들보다 행복을 노래할 수 있지만, 현실에서 그들의 존재가 불투명하기에 난 아내에게 '필요'라는 단어로 구애를 했습니다.

현명함인지 아둔함인지 아내는 이 세상에서 가장 부족한 나와의 결혼을 승낙했습니다.

결혼하고 보니 나 자신이 얼마나 무능력한 사람인지를 확인했고 아내는 이 세상에서 가장 지혜로운 사람이라는 것을 발견했습니다.

나란 사람은 다른 사람들한테 욕먹기 싫어합니다. 욕먹는 것을 좋아하는 사람이 어디 있겠습니까만 매사 좋은 게 좋은 거라고 대충 넘어갑니다. 일 처리에 있어 내가 손해임을 알면서도 웬만한 일은 양보로 결론짓습니다. 그리고 그 쓰디쓴 열매를 아내의 손에 쥐여줍니다.

그런 것을 보고 겪는 아내의 입장에서는 속이 터지지만, 조금이라도 타박을 하면 서방이란 인간은 금방 주눅이 들어 아무런 대꾸도 못 하고 어깨가 축 처집니다.

아내 또한 마음이 모질지 못하고 여린지라 당신이 풀어 주기 전에는 서방의 어깨에 힘이 실리지 않으니 그것이 애처롭고 가여워 오래가지 않아 나를 다독여 줍니다.

나는 두 아들과 이야기할 때 '결혼을 하려면 엄마 같은 여자와 결혼을 했으면 좋겠다.'라고 이야기합니다. 이런 단언을 감히 할 수밖에 없는 이야기들이 있습니다.

신혼 초 우리는 단칸방에서 살았습니다.

어느 날 외박을 한 우리가 귀가하니 문 열쇠가 잘려져 있었습니다. 순간 '도둑이 들었다.'라는 오싹한 한기가 엄습해 왔습니다.

아내에게 문 안으로 들어오지 말라 하며 방문을 여니 방안이 난장판이 아니었습니다. 방안 가득 흐트러진 침구들이 널브러져 있고 앉은뱅이 밥상에는 라면을 끓여 먹은 잔재들이 지저분하게 놓여 있었습니다.

방바닥에 두툼한 이불을 걷으니 익숙한 얼굴들이 잠을 자고 있었습니다. 어젯밤 내 친구 둘이 놀러 왔다가 우리가 없으니 방문을 부수고 들어가 라면을 끓여 먹고 놀다가 잠을 자고 있었던 것입니다.

아내에게 면목이 없었습니다. 자는 친구들을 발길질하며 말했습니다.

"이것들이 미쳤나."

나의 벼락같은 질타에 눈을 뜬 친구들이 아내의 얼굴을 보고 비로소 제정신이 들었는지 몇 번이고 "미안하다."며 머리를 조아립니다.

그런 친구들의 모습을 보더니 아내는 빙그레 미소를 짓습니다. 그리고 내 손에 돈을 쥐여주며 말했습니다.

"방 청소하고 아침 해 놓을 테니 목욕이나 하고 오세요."

친구들은 아내 볼 면목이 없어서 '미안하다'는 말만 연발하고 그만 돌아가겠다고 말했습니다. 난 아내의 넉넉한 심성을 알기에 친구들을 끌고 목욕탕으로 갔습니다.

"너희들이 도망가면 내가 죽음이다. 그러니 목욕을 하고 집으로 가 아침이나 먹자."

아내는 나처럼 철딱서니 없는 두 친구를 나만큼 좋아했습니다. 눈치가 없는지 진실로 격의가 없는 사이여서인지 두 친구는 점심까지 해결하며 저녁때가 돼서야 편안한 마음으로 귀가했습니다.

아내는 친구들의 뒷모습을 보며 따뜻하게 말했습니다.

"정말 좋은 친구들이에요. 사람들이 너무 따뜻한 마음을 가지고 있어요, 표현력이 서툴러서 그렇지 속마음이 깊은 분들이에요."

아내가 제일 소중히 하는 것은 우리 가족입니다. 그러면서도 아내의 가슴 속에는 두 친구를 '가족'으로 간직하고 있어 정말 고마울 따름입니다.

신혼 당시 우리 집 한 달 월세는 7만 원이었습니다.

계약 기간이 끝나가자 집주인이 10만 원으로 인상하겠다고 통보해 왔습니다. 박봉에 아내가 쌍둥이를 임신한 상황인지라 울며 겨자 먹기로 집주인의 제안을 수용할 수밖에 없었습니다.

하지만 아내는 집주인의 인상안이 오히려 월세를 벗어 날 호기라고 판단했습니다.

"인천으로 이사 갑시다."

내가 아는 인천은 사람들이 살기에는 엄청 불편한 곳이었습니다. 서울을 한 번도 벗어나 살아 본 적이 없는 처지인지라 자신이 없었습니다. 더욱이 내 수입으로 집을 장만한다는 것은 생각해 본 적이 없었습니다.

주저하는 내 모습을 보자 아내는 단호하게 말했습니다.

"돈은 걱정하지 말아요. 애를 낳으면 나도 돈을 벌 테니 동의만 하세요."

그래도 내가 불안해하자 아내는 내 손을 잡고 인천에 있는 이름도 처음 들어보는 낯선 동네의 신축 아파트로 끌고 갔습니다.

모델 하우스에서 방을 구경하니 지금 살고 있는 집보다는 한결 나았습니다.

"내 아이들을 월세 방에서 키우고 싶지는 않습니다. 그리고 지금 이렇게 결정하지 않으면 우리는 평생 월세방을 벗어나지 못한답니다."

아내도 나처럼 한 번도 서울 밖에서 살아 본 적이 없는 사람입니다. 여자인 아내가 나보다 불안하기가 더하면 더하지 덜하지는 않을 텐데 이렇게 과감한 결단을 해 주니 불안감 속에서도 고마움이 앞섭니다.

그리고 과연 내 봉급으로 아이 둘을 양육할 수 있을지가 의문이지만 아내가 우리들의 미래를 위하여 선행하는 모습에 나도 아내의 뒤를 따르기로 했습니다.

담배를 배운 후 하루 세 갑을 피우는 니코틴 중독자인 나는 담배를 하루에 한 갑으로 줄였습니다. 300원짜리 '거북선'을 피우던 것을 40원짜리 필터도 없는 '환희'로 바꿨습니다.

쌍둥이가 태어나자 아이들 분윳값마저 넉넉히 충당할 형편이 안됐습니다.

그때 마침 친구(문 부수고 들어와 방에서 잠을 잤던 친구) 하나가 매주 분유 4통을 사다 주었습니다. 그놈은 갖다 주면서 자식 하나는 자신의 소유라고 말했습니다. 가난했지만 그 친구 덕분에 따뜻한 신혼 시절을 보낼 수 있었습니다.

돈을 절약하기 위하여 점심도 먹지 않았습니다. 그리고 회사가 끝나면 보험을 하러 다녔습니다.

그래도 우리 네 식구 호구에는 넉넉지 않았기에 회사가 쉬는 날에는 건설 현장에서 속칭 '노가다'라는 것을 했습니다. 일당 2만 원을 현금으로 받으니 마치 세상을 얻은 기분이었습니다.

물론 그 수입만으로 우리 형편을 정상적으로 돌려놓을 수는 없었지만, 통장이 아닌 현금으로 아내의 손에 쥐여줄 때의 기분은 마치 '이 세상의 모든 것을 아내에게 쥐여주는 것 같아 뿌듯했습니다.'

인천으로 이사하여 직장을 옮기고 나서는 새로 취득한 자격증 탓에 봉급이 기존 봉급의 두 배 정도가 되었습니다.

직장을 옮기기 전 아내는 지나가는 혼자 말로 말했습니다.

"아이들에게 우유를 부담 없이 먹여 보는 게 소원이에요."

이제는 아내의 그 작은 소원을 들어줄 수 있는 형편도 되고 담배도 하루 세 갑을 필 수 있는 형편이 되었습니다.

춘천에서 사업을 하는 친한 친구가 있었습니다.

집사람과 연애를 할 때 차가 있었던 그 친구는 나와 만나고 헤어질 때 아내의 집까지 바래다줄 정도의 친한 사이였습니다. 아내를 만날 수 있게 다리를 놓아 준 친구이기도 했습니다. 심지어 장모님은 아내가 만나는 '남자 친구가 내가 아닌 그라고 생각했다.' 하니 그 친구와 나의 친분을 짐작할 수 있을 것입니다.

그 친구는 아내를 가리켜 '정말 좋은 여자다. 너같이 좋은 친구한테는 제격인 여자야. 잘되기를 빈다.'라고 수 없이 나에게 말했습니다. 또 아내에게도 '친구라서가 아니라 이 친구 정말 좋은 놈이에요. 만나면 만날수록 이 친구가 얼마나 진국인지를 깨달을 겁니다.'라고 나발을 불어댔습니다.

그러기에 우리가 부부가 되었을 때 친구 중에서 자기 일처럼 가장 좋아했고요. 우리 가족 다섯 명이 춘천으로 놀러 가면 친구 가족과 시간을 함께하고 우리가 귀가를 하게 되면 그 친구가 우리 가족을 인천까지 데려다 주곤 했습니다.

이 친구에게 갑자기 사업 자금 문제가 생겼습니다. 더 이상 자금을 융통할 형편이 안 되자 나에게 전화를 했습니다.

"돈 좀 꾸어 줄 수 있겠냐?"

난 그 이야기가 끝나자마자 말했습니다.

"알았어. 다음 주까지 해줄게."

아내에게 그 친구의 상황을 이야기하고 대출을 받아 그 친구에게 돈을 빌려주자 하니 아내 역시 흔쾌히 승낙했습니다.

6개월 정도는 대출받은 이자를 내더니 상황이 더 힘들어졌는지 연체를 하기 시작했습니다. 그리고 거의 매일 통화하던 친구의 목소리가 나를 피하는 것 같은 느낌을 주었습니다.

난 아내에게 말했습니다.

"그 돈 우리가 변제합시다."

아내는 내 이야기를 듣자마자 답했습니다.

"그분이 우리한테 해준 게 얼만데 당신 말대로 하세요. 우리가 돈을 안 받겠다고 하면 그 친구가 자존심이 상할 테니 '나중에 돈 벌면 그때 갚으라고 하세요. 그 친구는 돈이 생기면 우리 돈을 제일 먼저 갚을 분이니까요."

그리고 아내는 다시금 자신의 말을 이어 나갔습니다.

"그 대신 앞으로 절대 보증이나 돈을 꾸어 주지는 마세요."

난 큰 소리로 답했습니다.

"네. 명심하겠습니다. 여왕마마!"

난 아내의 말에 고마움을 느끼고 기쁜 마음으로 친구에게 전화했습니다.

"너에게 부탁이 있다. 내가 빌려준 돈을 지금은 우리가 해결할 테니 형편이 풀리면 그때 갚아라."

친구는 거듭 '미안하다'며 고마워했습니다. 그리고 예전처럼 그 친구 가족과 교분을 지속했습니다.

그 일이 있고 2년 정도가 흘렀습니다.

그 친구가 어두운 목소리로 전화를 했습니다.

"보증 좀 서줄 수 있겠냐?"

나는 아내와의 약속이 떠올라

"안 되겠다. 아내와 약속했다. 미안하다."

친구는 애써 당당한 목소리로 말했습니다.

"아니야. 이런 전화하는 내가 미안하지 뭐. 전화 끊을게."

수화기를 내려놓으면서도 기분이 왠지 개운치가 않았습니다. 아내에게 이야기해봤자 아내 또한 기분이 상할까 봐 그 이야기는 하지 않았습니다.

그리고 일주일 지났을까? 그 친구의 부인한테서 전화가 왔습니다. 친구 처하고 직접 통화는 처음이었습니다. 친구의 상황이 얼마나 안 좋은지 회사 앞까지 찾아와 전화를 한 것입니다.

"준호씨 보증 좀 서 주세요."

"죄송합니다만 안 됩니다. 저번 건으로 아직도 돈을 상환 못 했는데 이 상황에서 제가 보증을 서주면 저 죽습니다."

그분은 다급한 목소리로 말했습니다.

"이번에는 저를 보고 해 주세요."

그녀의 얼굴은 마치 세상이 무너져 내리는 듯한, 암울한 기색이 역력했습니다. 친한 친구의 아내이기를 떠나 마치 가족처럼 지냈던 그녀의 어두운 기색에 더 이상 거절할 용기가 없었습니다.

"그럼 부탁이 있습니다. 제가 보증서는 것을 아내에게는 비밀로 해주십시오. 그리고 이번만큼은 제가 신경 쓰지 않도록 제수씨가 꼭 좀 대출금 이자 및 상환까지 약속해주십시오. 전 제수씨만 믿고 보증을 서겠습니다."

그 후 1년쯤 지났을 때 외환위기가 찾아왔습니다. 대출 이자가 기존보다 몇 배씩 올랐습니다.

막연히 친구의 사정이 염려되었지만 '돈' 문제로 친구에게 물어보는 것이 예의가 아니라 생각해 침묵으로 시간을 보내고 있을 뿐이었습니다. 그런데 갑자기 은행으로부터 전화가 왔습니다.

"지금 친구 분의 변제할 금액 합계가 원리금 외에 연체로 인해 생긴 이자를 포함하면 원리금의 30% 정도를 더 갚아야 합니다. 더욱이 원래 이번 달 말까지 못 갚으면 은행에서 차압을 하지만 나 같은 사람들의 억울한 형편을 고려해 다음 달까지 선처하는 것이니 반드시 그때까지 그 금액을 모두 갚아야 합니다. 만약 내가 현재까지 진행된 모든 부채를 상환하지 못하는 경우에는 집을 경매로 넘길 수밖에 없습니다."라고 이야기했습니다.

다급한 마음에 친구에게 전화를 했습니다.

친구가 주변에서 얼마나 많은 빚 독촉을 받았는지 볼멘 목소리로 답했습니다.

"넌 왜 보증을 서줘서 사람을 이렇게 피곤하게 하냐?"

나도 모르게 감정이 복받치며 험한 말이 터져 나왔습니다.

"뭐 이 새끼야! 네가 어떻게 나한테 이런 말을 할 수 있냐. 일단 알았다. 전화 끊자."

친구에 대한 노기가 치밀어 올랐지만 내가 그 친구에게 육두문자를 던진 것에 대한 내 자신의 모자람이 비수가 되어 심장에 꽂혔습니다. 다시금 그에게 전화를 했습니다.

"나다. 조금 전 너한테 욕을 한 것은 미안하다. 사과하마."

"괜찮아. 내가 너한테 죽일 놈인데 뭐."

"부탁 하나만 하자. 나도 인간이니까 너를 보면 좋은 것 못 보여 줄 것 같다. 그러니 당분간은 내가 연락할 때까지는 우리 얼굴 보지 말자."

그리고 수일 동안 내 나름대로 아내 몰래 방안을 찾으려 했지만 내 형편으로는 워낙 거금인지라 달리 뾰족한 방안이 나오지 않았습니다. 그 와중에도 은행에서는 수시로 빚 상환 독촉을 해 왔습니다. 달리 방안이 없기에 아내에게 여태까지 가슴에 담아 놨던 그 어둡고 암담한 이야기를 솔직히 고백했습니다.

내 이야기를 담담히 듣던 아내는 내 이야기가 끝나기가 무섭게 답했습니다.

"달리 방법이 없네. 이 집을 급매로 내놓는 수밖에."

어떤 질책이나 타박도 없었습니다. 이미 엎질러진 물 주워 담을 수 없다는 것이 아내의 지론이었습니다.

워낙 싸게 급매로 내놓은 탓인지 집을 매물로 내놓은 지 며칠이 안 되어 구매 희망자가 나타났습니다.

한심한 사고뭉치인 나는 집이 팔린다고 하는데 섭섭함이나 아쉬움보다는 '은행 빚 상환 독촉을 안 받는다'는 안도감이 앞섰습니다.

결혼한 지 몇 년 만에 비로소 '집다운 집을 장만했다'고 그렇게 좋아했던 아내였던지라 막상 집을 팔기 위하여 부동산에서 매매 계약서에 도장을 찍는 순간 당신도 모르게 눈물방울이 떨어졌습니다.

내가 미안해할까 봐 아내는 그 모습을 애써 감추려 했지만, 자신도 모르게 흐르는 눈물을 어쩌지는 못했습니다.

아무리 생각 없이 사는 나지만 이 순간만큼은 이 세상에서 제일 한심하고 나쁜 놈이란 생각이 들었습니다.

집을 팔고 보증으로 인한 부채를 갚고 우리는 전세로 집을 얻었습니다. 그리고 나머지 돈을 가지고 그 당시 방이 없어 오갈 데가 없었던 어머님과 셋째형을 위하여 전세로 방을 얻어 주었습니다. 두 분의 거처를 마련해 주고는 그들이 행복해하는 모습에 아내도 편안한 마음으로 미소를 지었습니다.

사고뭉치인 나를 이 세상에서 가장 행복한 인간으로 만들어 준 아내에게 나는 아무것도 해 줄 수가 없었습니다.

나는 술을 별로 좋아하지 않습니다. 하지만 사회생활을 하려면 어쩔 수 없이 술자리를 함께 해야 할 때가 있습니다.

1차를 가고 2차를 가고 3차까지 갔습니다. 그런데 회사 상사가 속칭 '룸싸롱'이라는 곳으로 데리고 갔습니다. 그분은 새벽 두 시가 되자 인사불성이 되었습니다.

얼른 계산하고 자리를 끝마쳐야겠다고 계산대에 가니 '카드'가 한도 초과였습니다. 순간 엉뚱하게도 카드값을 못 메꾼 아내에게 짜증이 났습니다.

나는 아내에게 전화를 했습니다.

"여기 룸싸롱인데 카드가 한도 초과라서 사용을 할 수가 없어. 카드 사용할 수 있는 거 있어?"

아내는 미안한 기색이 역력한 목소리로 말했습니다.

"정말 미안해. 내가 택시 타고 금방 갈게."

한 30분이 흘렀을까? 아내는 잠자는 막내 아이를 안고 택시에서 내렸습니다. 그리고 나를 보자 안도의 표정으로 간신히 미소를 지었습니다.

나에게 카드를 내밀며 말했습니다.

"미안해, 정말 미안해."

나는 카드를 집어 들면서 뚱한 목소리로 대꾸했습니다.

"제발 이런 거 가지고 사람 피곤하게 하지 마세요. 그리고 잠깐만 기다려. 얼른 계산하고 나올 게."

계산을 마치고 택시에 상사를 태워 보낸 후 아내와 돌 지난 막내를 데리고 집으로 돌아왔습니다.

주변 지인들에게 이런 이야기를 하면 모든 사람들이 '어떻게 아내에게 그런 곳에서 그런 시간에 전화할 수 있냐?'고 나란 사람을 탓했습니다.

사람의 인성은 '금전관계'를 보면 쉽게 파악이 됩니다.

아내가 쌍둥이를 낳기 위하여 병원에 입원했습니다. 주치의는 아내 상태가 좋지 않아 '제왕절개'로 아이를 분만해야 한다고 했습니다. 그 당시에는 의료보험 혜택이 없어 실비로 분만해야 했기에 병원비가 부담이었습니다.

한 친구로부터 간신히 돈을 융통했습니다. 빌린 돈을 갚기로 한 날짜가 되었는데 저녁 9시에나 그 돈이 마련되는 상황이었습니다.

나는 저녁 늦게 그 돈을 찾아 친구에게 주는 것도 불편하다는 생각에 전화를 걸어 '내일 돈을 갚을게.'라고 했습니다. 순간 친구의 차가운 목소리가 들렸습니다.

"오늘 갚기로 한 날 아니냐?"

순간 뒷머리를 크게 두들겨 맞은 충격을 받았습니다.

금전거래만큼은 조금의 하자도 있어서는 안 된다는 교훈을 그 친구로부터 받았습니다. 정말 고마운 친구라는 생각이 들었습니다.

돈을 마련하여 택시를 타고 그 친구에게로 갔습니다. 그리고 그에게 말했습니다.

"정말 고맙다. 돈을 빌려준 것보다도 오늘 갚으라는 네 말이 너무 고맙다."

밤늦게 찾아온 내 모습에 친구는 조금 당황한 모습이었습니다.

"그렇다고 이 시간에 오냐?"

"아니다. 살다 보면 돈을 빌려줄 수도 있고 이렇게 돈을 빌릴 수도 있지만, 돈을 거래함에 있어 어떻게 해야 하는지를 네가 나에게 큰 교훈을 주었거든. 앞으로 평생 네 말은 내 삶의 이정표가 될 거야. 정말 고맙다."

친구에게 보증으로 집을 날려 보낸 이후 돈에 관한 철학은 '돈을 빌려줄 때는 꿔 준 돈을 받는 것을 잊어야 한다.'입니다.

나는 내 가족에게 말합니다.

"부모 형제간에도 금전거래는 하지 마라. 부모 형제간에도 보증은 서지 마라. 금전거래를 함에 있어서 가벼이 줄 수 있을 경우에만 금전거래를 해라. 잊어버릴 수 있는 경우에만 금전거래를 해라. 다시 돈을 돌려받으려는 거래는 절대로 하지 마라."

그것이 금전관계에서 인간관계를 유지하는 유일한 방법이기 때문입니다.

하지만 내 오지랖이 넓은 것을 지인들은 알기에 나에게 돈을 융통해 달라고 부탁합니다.

내 이력을 잘 알면서도 돈 융통이 어려운 친구들은 나를 찾았습니다.

"너도 알다시피 금전에 관한 한 모든 결정권은 아내에게 있다. 차라리 집사람한테 부탁해 보렴."

집사람이 워낙 이성적이어서 조리 있게 잘 대처하리라 생각하고 한 말이기도 합니다. (이런 상황에서 냉정하게 대처하지 못하는 내 처지에서 이 궁지를 빠져나가는 유일한 방편이기도 하다.)

이런 통화 후 집사람을 만나면 집사람은 내 눈치를 살핍니다.

그리고 미안해하고 겸연쩍은 모습으로 힘들게 이야기합니다.

"하도 힘들다고 사정을 하여서 그만…."

우리 형편도 그리 윤택한 형편이 아닙니다. 그저 간신히 내 앞가림을 하는 형편임에도 아내는 내 지인들의 처지를 들으면 그 이야기를 지나치지 못하고 대부분 최선을 다하여 돈을 융통해 줍니다.

나는 그런 아내에게 짜증 섞인 목소리로 몰아붙입니다.

"아니 나한테는 절대로 돈을 빌려주지 말라면서 당신이 그리하면 되겠소?"

"오죽했으면 나한테까지 통사정을 하겠어요."

아내는 그 돈을 못 받는다는 것을 나보다 더 잘 압니다. 하지만 마음이 여린 아내는 나처럼 거절을 못합니다.

그나마 다행인 것은 나처럼 대형 사고는 치지 않는 것 외에는 거절하지 못하는 모양새는 나와 같은 색깔입니다.

난 아내의 그런 마음과 처신이 사랑스럽습니다.

'인생의 행복은 받는 게 아니라 주는 것'이라는 것을 나보다 더 잘 알고 살기 때문입니다.

이처럼 빤히 손해라는 것을 알면서도 그것을 감내하며 생활을 꾸려 나가는 아내가 나에게 있어서는 영원한 '훈장'입니다.

그렇다고 아내가 완벽한 사람이라는 것은 아닙니다. 물론 단점을 이야기한다면 아내도 여느 부인들만큼이나 할 이야기들이 많습니다.

부부생활이란 때로는 좋은 모습의 실뭉치와 나쁜 모습의 실뭉치가 적절히 조화되어 만들어지는 실타래와 같은 존재이기 때문입니다.

나는 실타래를 풀어나갈 때 아내에게 좋지 않은 감정이 생기면 '딸'을 떠올립니다. 아내도 아버지가 계셨을 것이고 그 장인은 오죽이나 딸을 귀하게 여겼을까를 생각합니다.

만약 지금 아내가 내 딸이었으면 화를 내었을까 하고 자책도 해봅니다. 그리하면 아내에게 향했던 감정들이 한 걸음 뒤로 물러나며 관조하게 됩니다. 아내의 책망 섞인 감정들이 봄눈 녹듯 사라지고 내 딸의 모습으로 그냥 귀엽고 안쓰럽게 다가옵니다. 어떤 이는 별반 대수롭지 않은 일임에도 아내에게 짜증을 내고 나에게 상담이랍시고 이야기를 꺼냅니다.

난 빙그레 웃으면서 이야기합니다.

"그분이 딸이라고 생각해 보세요."

그는 말문이 막힙니다.

"아내를 자신의 딸이라고 생각하면 모든 것이 너그러워지고 사랑스러워집니다."

내가 진실로 힘들 때 내 손을 힘껏 잡아 주는 이는 아내뿐임을 깨닫는다면 항시 양어깨에는 '자부심'으로 '자신감'으로 넘쳐 납니다.

인간사라는 것은 모양과 무늬만 조금 다를 뿐 내용이 거의 유사합니다. 어떤 가정은 어두운 색 모자이크로 형성되고 어떤 가정은 부드럽고 밝은 문양의 모자이크로 꾸며져 생기가 충만합니다.

아내를 대할 때 면전에서 느끼는 상황만으로 이야기하지 마십시오. 당시의 감정과 의미만으로 자신을 폄훼하지 마십시오.

성급한 행동이 자칫 자신이 사랑하는 모든 이들에게 치유할 수 없는 상처를 남길 수 있기 때문입니다.

아내라는 존재는 나보다 가족을 사랑합니다.

아내는 나보다 나를 더 사랑합니다.

부모가 믿는다는데…

아내가 이야기합니다.

"자꾸 집에 있는 돈이 없어지는 것 같아요."

"아무 데나 돈을 놓아두는 사람이 제일 문제야."

"그래도 아이들 손버릇이 나빠지는데…."

그리고 슬며시 자신의 이야기를 보탭니다.

"대충 누군지는 짐작이 가는데…."

"당신 눈으로 확인한 것이 아니면 더 이상 말을 하지 마세요. 그리고 아이들에게도 이 얘기는 꺼내지 말아요."

그 날 가족회의 시간이 되었습니다.

"엄마가 집에서 자꾸 돈이 없어진다고 하는데 혹 너희들 중 집 안의 돈을 만진 사람이 있냐?"

세 아이는 눈만 깜박이며 자신은 아니라고 합니다.

"잠깐 눈을 감아."

"자 모두 눈을 감았으니 돈을 가져간 사람은 손을 들어봐라."

깊은 침묵이 이어졌습니다.

"자 모두 눈을 떠라."

얼이가 말합니다.

"저번에 이듭이가…."

난 가만히 고개를 저으며 조용한 목소리로 말합니다.

"마지막으로 물어볼게. 혹시 집안에 있는 돈을 가져간 사람이 있니?"

세 아이는 각기 다른 표정으로 말합니다.

"아니요."

조금 전 말했던 그 얼이가 불만스러운 표정으로 말합니다.

"이듭이가요…."

다시 고개를 가로저으며 그 아이의 이야기를 끊습니다.

"우리는 가족이란다. 조금 전 우리 모두 이야기했잖아? 돈을 가져가지 않았다고 말이다."

더욱 부드러운 목소리로 이야기합니다.

"가족끼리는 무조건 믿어야 하는 거란다. 설령 그것이 진실이 아닌 거짓이라도 가족이 진실이라 말할 때 우리는 그 말을 무조건 믿어야 하는 것이란다. 가족끼리도 믿지 못한다면 과연 다른 사람들을 믿을 수 있겠냐? 이번 일은 아빠가 판단해 보건데 엄마가 착각했거나 다른 곳에서 잃어버렸다고 생각된다. 그러니 부인도 곰곰이 다시 생각해 보세요."

이 가족회의가 있고 나서는 그런 일이 발생하지 않았습니다.

아내가 새파랗게 질린 음성으로 전화를 했습니다.

"이듭이가 슈퍼에서 과자를 그냥 들고 나오다가 주인으로부터 항의가 들어왔어요."

전화기를 내려놓자마자 회사에서 조퇴를 하고는 한걸음에 그 슈퍼로 달려갔습니다.

계산대 옆에서 부들부들 떨고 있는 막내 아이가 눈에 들어왔습니다.

나는 이듭이의 뺨을 힘껏 내리쳤습니다. 이듭이는 저만치 나뒹굴며 쓰러졌습니다. 일어나려는 아이의 멱살을 힘껏 움켜잡고는 허공으로 들어 올렸습니다. 목젖을 잡아 올리니 아이는 제대로 숨도 쉬지 못했습니다. 다시금 아이의 엉덩이를 힘껏 때리고는 슈퍼 주인에게 큰 소리로 말했습니다.

"죄송합니다. 사장님! 피해를 보신 것은 제가 전부 보상해 드리겠습니다. 그런데 죄송하지만, 경찰에 연락 좀 해주십시오. 이런 아이는 경찰서에 가서 제대로 혼이 나봐야 정신을 차립니다. 그러니 어서 전화 좀 해주세요."

이듭이는 억센 내 손에 목젖이 잡힌 탓도 있지만 경찰을 부르라는 말에 얼굴이 사색으로 변했습니다. 주변 사람들이 '저러다가는 아이가 죽는다.'며 안타까운 얼굴로 쳐다봤습니다.

슈퍼 주인도 일이 잘못되면 어떤 사단이 발생할 수도 있다는 생각이 들었는지 내 손목을 붙잡으며 말했습니다.

"아저씨. 어린 아이들에게 흔히 있을 수 있는 일인데 이렇게까지 하지 않으셔도 됩니다. 이러다가 애한테 무슨 큰일이라도 나면 어떻게 해요."

난 정색을 하며 말했습니다.

"아닙니다. 이놈 하는 짓거리가 워낙 흉측합니다. 너 여태까지 이곳에서 그런 짓 몇 번이나 했냐?"

"처음이…에…요."

"아직까지 거짓말이야. 솔직히 말 안 해?"

다시금 아이에게 손을 대려 하자 슈퍼 주인이 급히 만류합니다.

"이 아이가 가져간 것은 이 빵 하나입니다."

"한 개가 중요한 게 아니라 나쁜 짓을 했다는 것이 중요한 겁니다."

"아이들이 자라는 과정에서 흔히 있을 수 있는 일입니다. 아이도 단단히 놀란 것 같으니 이번 일은 여기서 끝내는 게 좋을 것 같습니다."

슈퍼 주인은 아이를 움켜 쥔 내 손을 풀며 아이를 땅바닥으로 내려놓았다. 아이의 머리를 쓰다듬으며 상냥한 목소리 말했습니다.

"다음부터는 이런 일 안 할 거지?"

아이는 주눅이 든 목소리로 답했습니다.

"네."

"안 한다고 하지 않습니까? 그러니 용서해 주세요."

"용서해 줄 사람은 제가 아니라 사장님입니다."

"아이가 얼마나 놀랐는지 얼굴빛이 사색으로 변했습니다. 저는 벌써 용서를 하였으니 아버님도 용서해 주시면 됩니다."

난 아이에게 슈퍼 사장님에게 다시는 이런 짓을 안 하겠다고 맹세를 시키고 빵값을 계산하고는 아이를 데리고 집으로 돌아왔습니다.

집에 들어가 거실에 앉으며 아이에게 편안히 앉으라고 말했습니다. 슈퍼에서의 내 기색에 놀란 아내도 내 눈치만 살핍니다.

이듭이가 무릎을 꿇고 앉으려 하자 만류하며 조용히 말했습니다.

"무릎 꿇지 말고 편하게 앉아."

아이는 내 눈치를 보며 어정쩡한 모습으로 앉습니다.

"아빠한테 맞은 게 아프지?"

아직도 놀란 기색이 가시지 않았기에 기어들어 가는 목소리로 말했습니다.

"아니요."

"슈퍼에서 그런 일을 한 것이 잘한 일이냐, 잘못한 일이냐?

"잘못한 일입니다."

"앞으로 이런 짓을 할 거냐, 안 할 거냐?"

"안 할게요."

"정말로 안 할 거지?"

66

"네."

"아빠가 네 말을 믿는 거 알지?"

"네."

"앞으로 이런 일로 아빠 실망시키지 않을 거지?"

"네."

난 환하게 미소 지으면서 막내를 향하여 힘껏 두 팔을 벌렸습니다.

"아빠를 실망시키지 않는다는 약속으로 아빠를 안아줘라."

아이를 힘껏 안고는 따사한 손길로 아이의 등을 다독여주었습니다.

"아빠가 너를 얼마나 사랑하는지 알지?"

"네."

"네가 이런 일을 하면 이 세상에서 너를 제일 사랑하는 네 엄마가 얼마나 힘들어하는지 알지?"

"네."

"다시는 이런 일로 너를 사랑하는 사람들을 실망시키지 마라."

"네."

"됐다. 어서 일어나서 씻기나 해라."

아이가 화장실로 가자 너무 싱겁게 상황이 종료되었다고 생각되는지 아내가 내 곁에 살포시 앉습니다.

"내가 왜 더 이상 막내를 야단치지 않는 줄 아오?"

아내가 곰곰이 생각에 잠깁니다.

"나는 악덕 사채업자요. 지금 막내 아이는 자신의 행동이 부모에게 큰 잘못을 저질렀다고 생각하고 있을 것이오. 그런데 내가 더 이상 아이를 윽박지른다면 막내는 지금 자신이 가지고 있는 '부채'(자신의 행동으로 부모에게 피해를 끼쳤다는 생각)가 탕감될지도 모르오. 이런 상황에서 너무 심한 타박은 때로는 득보다 실이 되는 것이오. 이렇게 얌전하게 막내를 채무자로 만들어 놓는 것이 제일 현명한 방법이오."

그리고 마지막 한 마디를 덧붙입니다.

"부모가 믿는다는데 자식이 도망갈 구멍은 없답니다."

붕어빵

아이들이 어릴 적에 나는 자전거를 타고 회사 출퇴근을 했습니다.

찬바람이 불면 도로변 붕어빵 장수가 특유의 달콤하면서도 담백한 냄새를 피워 지나는 사람들을 유혹합니다.

난 붕어빵을 좋아합니다. 일단 서민적이어서 좋습니다. 투자한 것에 비해 맛이 너무 뛰어납니다. 천 원으로 우리 가족 다섯이 공평하게 하나씩 나누어 먹을 수 있지요.

퇴근할 때 난 아내에게 전화합니다. 몇 시쯤 붕어빵 포장마차를 지난다고요. 그때 쯤이면 틀림없이 아내가 나타납니다.

그녀 곁에는 아빠의 자전거를 향해 달려오는 세 아이의 해맑은 미소도 보입니다. 그저 아빠라는 사람이 좋아 달려오는 아내와 세 아이의 달음질에 나처럼 행복한 사람이 또 있을까 생각합니다.

세 아이는 배고픈 병아리처럼 일제히 내 입만 바라봅니다.

모른 척하고 붕어빵을 내 입에 쏙 넣으면 허탈해하는 아이들 표정이 왜 그리 예쁘고 사랑스러운지 모르겠습니다.

내가 붕어빵을 다 먹어치워도 둘째딸은 아직 반도 먹지 못 할 때가 태반입니다. 이 세상에서 가장 굶주렸다는 표정으로 힘없이 애처롭게 말합니다.

"오늘 아무것도 먹지 못했어요."

"아무것도 먹지 못했다고요?"

가만히 내 눈치를 보면서 세상에서 가장 슬픈 목소리로 말합니다.

"그냥 굶어 죽으면 되지 뭐."

그러면서도 딸은 자기가 먹던 붕어빵을 내게 건넵니다.

고사리같이 여린 손으로 나에게 빵을 주고는 씩씩한 표정으로 말합니다.

"아빠 먹어."

정말 행복합니다.

이런 날 아내와 아이들 손을 잡고 도란도란 이야기 꽃을 피우며 집으로 향하는 수백 미터의 길이 너무 짧기만 합니다.

지지배배 참새의 합창곡을 함께 부르는 수채화가 아름답게 그려집니다.

가슴 가득 행복한 시간이 일기장을 채웁니다.

술버릇

술 마시는 사람들에겐 술버릇이라는 게 있습니다. 나에게도 있습니다.

술을 마시고 나면 다른 사람들을 향한 측은지심이 생겨나고 불편했던 것들이 용서됩니다.

특히 술을 마시고 난 후에도 내가 한 말과 행동을 명확히 기억하기에, 결과적으로 손해를 보는 경우가 다반사입니다.

작은 사업을 하는 터라 직원들로부터도 수없이 타박을 듣게 됩니다.

"거래업체에 그런 아량을 베풀 바에는 차라리 그 몫을 직원들에게 주시면 고맙다는 말이나 듣지요."

그래서 되도록 술을 멀리하려는 요량을 터득하며 처신합니다. 하지만 사회생활을 하다 보면 부득이 어쩔 수 없는 경우가 있습니다.

나에게는 특이한 술버릇이 있습니다. 술버릇이라고 하기보다는 '술을 마시고 난 후의 규칙' 같은 건데요.

내 지인 중 어떤 이는 술을 마시고 나면 자기 가족을 불안하게 만드는 친구가 있습니다. 멀쩡할 땐 그처럼 좋은 친구도 없는데 술만 들어가면 속된 표현으로 '개'가 됩니다.

총각 시절에는 그 친구의 주사를 웬만하면 받아 주었습니다. 하지만 그 친구가 결혼하여 가정을 꾸린 후에는 절대 받아 주지 않았습니다.

어느 날 결혼한 그 친구와의 술자리에서였습니다.

곁에 있는 모든 이들이 그 친구의 주사에 눈살을 찌푸렸지만 대부분 조용히 그 자리를 무마하려고만 하지 행동을 제어하려 하지 않았습니다.

순간 난 그 친구의 멱살을 부여잡고 술집을 빠져나왔습니다. 그리고 8차선 차도로 힘껏 밀어 제꼈습니다.

"너 같은 놈은 차라리 죽는 게 낫다."

갑작스레 차도로 떠밀린 탓에 도로를 달리던 택시가 '끼익~' 하는 기계음을 내며 급정거를 했습니다.

깜짝 놀란 택시 기사는 성난 얼굴로 차 문을 열고 언성을 높였습니다.

"당신 미쳤어."

난 그분에게 급히 사과했습니다.

"정말 죄송합니다. 그런데 이런 놈은 살면 모든 사람들에게 민폐를 끼칩니다. 차라리 이렇게 죽는 게 낫습니다."

술자리에 함께하였던 친구들이 얼른 그를 부축하며 인도로 끌고 나왔습니다. 그리고 화난 표정으로 나한테 말했습니다.

"친구끼리 이게 뭐 하는 짓이냐?"

볼멘 그들의 이야기에 싸늘하게 답했습니다.

"친구니까 이렇게 하는 거다. 이놈의 주사가 언제부터인데 장가까지 간 놈이 고쳐지지 않는다. 우리들에게도 이놈이 이렇게 된 것에 대한 일말의 책임이 있다. 좋은 게 좋은 거라고 매번 이놈의 주사를 받아 주니 이놈은 고칠 생각을 안 하는 거다. 주사를 받아 주는 것이 아니라 고쳐 주는 것이 진정한 친구다."

인도에 쓰러진 친구를 보고 다른 친구들에게 그놈을 방치한 채 각자 집으로 갈 것을 종용했습니다. 하지만 마음 약한 친구들은 횡설수설하는 그 놈을 부축하여 택시에 태워서 집까지 데려다 주었습니다.

다음날 그 친구의 아내에게서 전화가 왔습니다.

얼마나 만취가 되었는지 집에 오자마자 응급실로 데려갔다고 했습니다. 그리고 같이 온 친구로부터 상황 파악을 하고 나니 내가 너무 섭섭해 전화했다는 항의 표시였습니다.

"저는 친구 분들 중에서 준호씨랑 제일 친하다고 생각했는데요."

난 명쾌하게 답했습니다.

"진정한 친구라고 생각했기에 그렇게 한 겁니다. 별반 대수롭지 않은 사이라 생각했다면 나도 투덜대며 그놈을 집에까지 바래

다주었을 겁니다. 앞으로도 계속 만날 제수씨에게 좋은 친구 하나쯤은 있어야 하겠다는 판단이 그런 행동을 하게 만든 것입니다.”

“하지만 응급실에까지 실려 올 정도였는데 어떻게….”

“제수씨는 그 친구가 술만 마시고 집에 들어오면 무섭다고 말했잖습니까?”

더 이상 친구의 아내는 말을 하지 않고 전화를 끊었지만, 그 순간에는 나에 대해 섭섭함이 꽤나 짙었던 것 같았습니다.

나는 내 나름대로 '술 규칙'이 있습니다.

술을 마시고 집으로 들어갈 때 먹을거리를 사서 갈 것. 그리고 반드시 아이들에게 용돈을 줄 것입니다.

용돈은 아내가 아이들에게 규칙적으로 주는 것 이외에는 나는 전혀 주지 않습니다. 하지만 술을 마시고 귀가할 때는 반드시 아이들에게 용돈을 줍니다. 때로는 빈 지갑일 때 사전에 아내에게 아이들에게 줄 용돈을 마련해 달라고 부탁을 합니다. 새벽 한 시가 되었건 두 시가 되었건 반드시 아이들에게 줄 용돈을 마련하여 집으로 들어갑니다.

아이들 중에는 졸린 눈을 비비며 기다리는 아이도 있고 쏟아지는 잠에 어쩔 수 없이 꾸겨져 잠을 청하는 아이도 있습니다.

자는 아이들은 아내에게 '아빠가 귀가하면 반드시 깨워 달라고, 꼭 깨워 달라.'고 신신당부를 하면서 부득이 잠을 잡니다.

술을 마시고 온 아빠의 이 '작은 축제'에 자신이 소외되지 않으려는 아이의 노심초사가 눈앞에 그려집니다. 내가 술을 마시지 않는 상태가 지속되거나 아이들이 용돈이 필요할 경우 아이들은 불만을 터트립니다.

"아빠, 술 좀 드시고 오세요."

술을 가볍게 마신 날에는 안 취한 척 구강청정제를 입안에 뿌리거나 껌을 잔뜩 씹고 들어갑니다. 이때 아이들의 대응은 제각각입니다.

아들들은 내가 술을 안 마신 척하면 대충 넘어가지만 딸 샘이는 내 입을 강제로 벌리고 '음주측정'을 합니다.

그리고 조금이라도 술 냄새가 나면 행복한 모습으로 손을 내밉니다. 얼이와 이듭이도 생기가 살아나 나에게 두 손을 내밀며 달려듭니다.

귀엽고 사랑스러운 마음에 한 아이씩 안아 주며 손에 용돈을 쥐여줍니다. 그리고 힘껏 안아 줍니다.

"아빠가 너 사랑하는 거 알지."

자신의 손에 쥐어 있는 용돈에 행복한 미소를 짓습니다. 더욱 힘을 주어 안아 줍니다.

"아빠가 너 믿는 거 알지."

단 두 마디 이외에는 말을 삼갑니다.

인생은 연극 무대입니다. 때로는 관객들에게 감동을 전해야 할 의무가 주인공에게는 있습니다.

정말 '가장'이란 힘든 직업입니다.

하지만 우리는 결코 체념이나 무관심으로 가장 역할을 하여서는 안 됩니다.

나의 연기로 말미암아 내 사랑스러운 가족들이 아침 햇살보다 따사로운 미소를 지을 수 있어야 합니다.

우리가 소유해야 할 행복

'늦게 배운 도둑질이 무섭다'는 속담이 있습니다.

운전을 배워 볼 요량으로 군대에서 몇 번 운전대를 잡았습니다. 그러다 고참 시절 어느 날 부대 내 전봇대를 들이박는 사고를 내어 수송부가 난리가 난 적이 있는데요. 수송부원들이 총출동하여 뒷수습을 해줘서 간신히 사고가 무마되었고, 그 후 생긴 트라우마로 평생 운전대를 못 잡을 거라 생각했습니다.

막상 사회에 나와 현실을 만나니 나도 모르게 운전대를 잡을 수밖에 없었습니다.

성격이 급하고 모든 일에 '빨리빨리'인 나는 교통 체증이 싫어 도로에 차가 없는 새벽부터 운전대를 잡습니다.

운전을 하노라면 태양이 힘차게 떠오르는 순간을 마주 할 때가 있습니다. 장엄한 순간을 만들어 주는 일출의 위대함 앞에 무감각했던 내 가슴에도 순백의 감동이 밀려옵니다. 때론 그 위엄에 압도되어 숨을 쉬는 것조차 버겁습니다.

한 번은 얼이와 그런 순간을 함께한 적이 있었습니다.

"아들!"

"네."

"하늘을 봐라."

얼이가 하늘을 쳐다보았습니다.

"인간이 과연 저런 모습을 만들 수 있을까?"

아이가 피식 웃습니다.

"만약 이 시간대에 운전을 하다가 사고가 나면 일출의 장엄함에 취해 사고가 난 줄 알아라. 운전을 하다가 문득문득 저런 정경을 마주할 때 내가 살아 있음을 고마워한다. 저것을 볼 수 있는 두 눈이 있어 고맙고, 저런 장엄함에 뜨거워지는 내 가슴이 너무 사랑스럽고 자랑스럽다. 살아 있다는 것이 고마워지는 순간이란다. 인간은 매사에 감사해 하며 살아야 한단다. 그런 마음이 있으면 세상은 아름다운 것으로 우리와 입맞춤하려 한단다. 지금 이 순간 내 옆에 앉아 있는 네가 고맙다. 저 황홀한 모습을 아들인 너와 함께 할 수 있는 이 순간이 정말로 고맙다."

아들은 조금은 이해가 되는지 고개를 끄덕였습니다.

"행복이나 아름다움은 누가 손에 쥐여 주지 않는다. 내 심장이, 내 영혼이 그것들을 원하고 적극적으로 추구해야만 얻어지지. 조금만 여유를 갖고 세상을 바라보면 우리가 소유할 행복들은 너무나도 많다. 이런 벅찬 감동을 만들어 준 수많은 사람들, 누군가 땀 흘려 지금 우리가 타고 있는 이 차를 만들어 주었고 이 차도를 만들어 주었다. 이런 감사하는 마음만 있으면 이 세상 모든 것이 아름답게 보이고, 이 세상 모든 곳이 행복의 소재로 다가온단다. 나는 항상 '이 세상에서 내가 제일 행복하다.'고 자부하면서 산다."

오늘 최선을 다합니다. 아무리 거창한 설계도 최선을 다하는 '오늘'이 없다면 내일은 불확실합니다. 오늘 최선을 다하는 삶은 내일의 행복을 예약합니다. 그토록 찾아 헤매던 행복이 미소를 지으며 기다리고 있는 것이죠.

아내를 만나 행복을 알았고,
아이들에게서 사랑을 배웠다.

용돈 기입장

나와 아내는 돈을 쓰는 데 있어 즉흥적인 편입니다.

그날 그날 사용처만 확실히 하고 다음날 것은 대충 넘어갑니다. 쓸 데가 있는 데도 쓰지 못하면 나는 꾸중 들은 아이처럼 풀이 죽습니다. 이런 내 모습이 안쓰러운지 마음 여린 아내는 내가 돈을 어떻게 쓰든지 간에 크게 신경 안 쓰고 인정을 하여 줍니다.

스스로 돈 쓰는 것을 보면 한심할 때가 한두 번이 아니지만 아무리 노력을 해 봐도 절제를 하지 못합니다.

다른 아이들에 비하여는 조금은 유복한 환경에서 자라 용돈에 관하여는 한 번도 궁핍함을 경험하지 못하고 살아왔기에 '금전 관리'가 제대로 안 되는 게지요.

아버님이 일찍 돌아가신 후 어머님은 자식들이 행여 기가 죽을까 염려가 되어 다른 것은 몰라도 자식들의 '용돈'만큼은 어떤 일이 있더라도 마련해 주셨습니다.

특히 큰형님은 부모님의 용돈 주기로 인한 최대 '피해자'라고 할 수 있습니다.

본인이 필요로 하는 것을 직접 벌어서 사용하여야 하는데, 부모님들은 형님이 요구하는 것을 '사랑'이라 생각하여 그리하지 않았기 때문입니다. 아마 당신들은 그것이 살아가는 데 필요한 자생력을 소멸시키는 일이라고는 전혀 생각하지 못하셨던 것 같습니다. 과거 형님의 중학교 친구들이 집에 오면 어머니는 상을 차려주곤 했습니다.

고등학교를 졸업하고 취직을 하였지만 금방 그만두고 사업을 하겠다고 하였는데도 부모님은 명쾌하게 허락하셨습니다.

결국 큰형님은 나처럼 돈을 쓸 줄은 알아도 벌 줄은 모르는 사람이 되었습니다. 그러니 형님의 말년 또한 그리 좋은 결과를 만들지 못했습니다.

이런 일이 나에게는 '한'이 되어 내 아이들만큼은 나와 같은 전철을 걷게 하지는 않겠노라 스스로 맹세했습니다.

아내는 여자치고는 상당히 이성적이고 절제된 금전관이 있지만 내가 하고자 하는 것만큼은 모든 것을 인정해 줍니다.

정말 고마운 사람입니다.

난 내 자신에게 존재하는 '큰형님의 그림자'가 싫어 내 아이들만큼은 철저한 금전관리를 하게 만들어야 한다는 판단에서 한글과 수학을 가르치자마자 용돈 기입장을 적도록 했습니다.

아직 덧셈 뺄셈 개념이 부족한 것은 내가 도와주면서 말이지요. 용돈 기입장을 검사하면서 요량 있게 사용한 아이한테는 그에 상응하는 보너스를 주고, '용돈을 잘 관리하여 주어서 너무 고맙고 자랑스럽다.'라고 칭찬을 해주었습니다.

나처럼 분별없이 사용하는 아이한테는 정상적인 용돈만 지급했습니다.

물론 하나의 '원칙'을 세워두었지요. '돈을 사용하면서 자신에게는 인색하되 반드시 쓸 형편이 되면 요량에 맞게 써라.'는 것과 '십 원을 아끼되 천 원은 쓸 줄 아는 사람이 돼라.'는 것 입니다.

매사에 자신에게는 인색하되 타인에게는 너그러운 사람이 되라는 생각에서 나온 기준입니다.

아이들의 용돈 기입장은 일주일에 한 번 검사하되 사용한 용돈에 대해선 절대 타박을 하지 않았습니다. 적절하게 사용한 용돈에 관한 한 칭찬과 그에 대한 보너스를 주는 것으로 관리를 했습니다.

불과 일 년이나 지났을까? 이렇게 하니 아이들에게는 놀라운 결과가 발생했습니다.

우선 절대 군것질을 하지 않았고요. 자신을 위하여 사용하는 항목을 발견할 수 없었습니다. 아직 철부지 아이들이건만 엄마와 주변 지인들을 위하여 돈을 요량 있게 사용했습니다.

그럼에도 아이들은 한 치의 불만도 없었습니다. 오히려 자신들의 그런 행동들에 대하여 스스로 만족하고 자랑스러워하고 있었습니다.

난 이런 방법으로 아이들에게 돈을 올바르게 사용하는 것을 가르친다고 시행하였는데 막상 시간이 흘러 결과를 보니 오히려 섬뜩한 느낌마저 느껴졌습니다.

이제 초등학교에 들어가는 어린아이들이 돈을 사용하면서 부모보다도 현명하게 처신을 하니 한편으로는 대견스러우면서도 한편으로는 아이들 미래에 관한 걱정이 스치기도 했습니다.

내가 집안의 막내인 관계로 조카들은 우리 아이들보다 나이가 많습니다.

하지만 어머님의 말씀이 '손자들 여럿 있지만 제대로 용돈 주는 애들은 너희 아이들밖에 없다.'는 것이었습니다.

외할머니와 외사촌 동생들마저 챙기는 모습을 보면 한편으로는 듬직하면서 이렇게 조숙한 것이 문제가 되지 않을까 염려까지 됩니다. 하지만 그리 큰 문제는 아직 발견하지 못했기에 조금은 안심이 됩니다.

아내에게 말했습니다.

"우리 집에서 문제 있는 사람은 우리 부부인 것 같소. 물론 내가 가장 문제가 있지만. 아이들 모습을 보니 그 나이 아이들처럼 철부지여야 하는데 돈을 관리하는 데는 우리 부부보다도 나은 것 같소. 아이들답지 않게 지극히 이성적으로 행동하는 아이들이 왠지 걱정됩니다."

아내는 담담히 미소를 짓습니다.

"아이들은 절대로 자신에게는 돈을 허투로 쓰지 않아요. 걱정하지 않아도 됩니다."

"내가 걱정하는 것은 아이들이 다른 아이들 같지 않다는 것에 문제가 있는 것 같소. 아이들 냄새가 전혀 없습니다. 어떤 때에는 당신보다도 잘 사용하고 있으니 그것이 왠지 놀라울 뿐이오."

조카들에게 한글이나 수학을 가르쳐 본 경험이 있었기에 나는 내가 직접 아이들을 가르쳤습니다. 공부에 관한 한 누구보다 앞서 나가게 할 자신이 있었지요.

쌍둥이 아이들이 만 세 살이 되었을 때 한글을 가르쳐 보니 얼이가 하루 만에 한글을 깨우쳤습니다.

샘이는 1주일이 걸렸었습니다.

만 5세 아이들이 한글을 깨우치는 데 보통 1주일 걸린다는 것을 알았을 때 나는 '욕심'이 생겼습니다.

얼이에게 산수를 가르쳐 보기로 했습니다.

유치원에서 사과 한 개에 한 개를 더하면 몇 개냐는 군더더기 개념보다는 아이들에게 친숙한 실체인 '현찰'을 놓고 가르칩니다. 아이들이 숫자 개념은 약해도 천 원짜리 지폐는 아주 잘 압니다.

1000 더하기 1000은 얼마인지 묻는 질문에 절망감을 느끼는 아이도 손에 천 원을 주고 천 원을 더 주면 자신이 2천 원을 가지고 있음은 아주 명확히 알고 있습니다.

그러기에 아이들에게 친근감 있는 백 원짜리 동전과 천 원짜리 지폐를 놓고 가르칩니다. 그리고 끝에 위치한 '원'자만 치워버리면 유치원에서 가르치는 '산수'란 쉬운 친구들이라 가르칩니다. 그 나이 때 아이들은 자신의 눈에 익힌 숫자 개념만 이해합니다.

현찰을 놓고 가르쳐도 '십만' 단위가 넘어가면 '숫자의 공황' 상태에 빠집니다. 십만 단위 이상의 숫자는 별반 쓸모가 없기에 후일 각자 풀어야 할 몫으로 남겨 두고 관심을 두지 않습니다.

하지만 얼이는 산수를 가르친 지 한 시간 만에 1억 더하기 1억을 이해했습니다. 초등학생도 이해하기 힘든 숫자 개념을 세 살배기가 알아들었기에 더욱 욕심이 났습니다.

만 네 살이 되었을 때 초등학생들 중 제법 수학을 한다는 아이들이 하는 '왕수학'이라는 학습지를 놓고 직접 큰아이를 가르칩니다.

한 문제만 틀려도 칭찬에 인색한 나는 정색을 하며 '네가 어떻게 이런 것도 못 풀어?'라며 다그쳤습니다.

초등학교 들어가기 전에 천자문을 깨우쳐 주어야겠다는 생각에 큰 아이의 공부 시간을 하루에 최소 5시간 이상 늘렸습니다. 매일 시험 보느라 어떤 날은 새벽 2시까지 과제와 실랑이를 벌여야 했습니다.

그런데 문제는 얼이가 점점 공부에 흥미를 잃어가는 것이었습니다.

차라리 공부를 안 해 아빠를 포기시키는 게 낫다는 판단을 한 얼이의 결심은 부자간 갈등의 골을 더욱 깊게 만들었습니다.

'언젠가 아이가 크면 내 마음을 이해하리라.'는 내 생각이 짧았다는 사실을 안 것은 시간이 얼마 흐른 뒤였습니다.

초등학교 4학년 때 얼의 담임선생님이 울면서 아내에게 전화를 했습니다. 스승의 날 큰아이가 선생님에게 보낸 편지 내용이 문제였습니다.

'당신은 선생님으로서 자격이 없습니다.'라고 썼다는 건데요.

개성 강한 얼의 논리에서 보면 일면 긍정적인 면도 있으나 어찌 됐건 사회 통념에서나 나의 관점에서도 있을 수 없는 일이었습니다.

내가 행했던 교육의 오류로 발생한 사건이었습니다.

마시는 물도 급하게 마시면 체한다는데 자식 농사를 그리 급하게 서두르니 결국 사달이 나고 만 것입니다. 부모가 행하는 자녀 교육은 나처럼 많은 부작용이 발생합니다. 자신도 모르게 마음이 급해집니다. 아이가 하나를 터득하면 부모는 열 개의 기쁨을 얻습니다. 관조의 눈으로 보면 아무것도 아닌 것에 부모는 희열을 느낍니다.

작은 것에 취해 자녀의 모든 것을 잃고 있는 것도 모릅니다.

이후 아이들의 공부에 관한 한 일절 간섭을 안 합니다.

나는 여행을 엄청 좋아합니다.

하지만 성격이 활동적이지 않고 서정적인지라 인적이 드물어 조용한 곳, 아직 개발이 덜 되어 교통이 불편한 곳, 유치원 아이나 초등학교 다니는 아이들이 가기에는 좀 무리인 곳을 찾아다녔습니다.

'내가 없더라도 내 아이들이 이런 한적한 곳을 고향 삼아 정서적으로 성숙해진다면 그것보다 좋은 게 어디 있겠어. 그때 이 아빠의 마음도 알아주겠지.'라는 아집으로 아이들이 싫어하는데도 억지로 데리고 다녔습니다.

개성 강한 큰놈은 그때마다 나에게 축구장이나 야구장 아니면 놀이동산으로 가자고 합니다. 내가 그런 곳을 별로 좋아하지 않기에 항시 내가 원하는 곳으로 갔습니다.

끝없이 드리워진 바다를 보면서 아이들에게 말합니다.

"장엄하지, 어떤 감흥이 드냐?"

다정스러운 말투로 말합니다.

"바다가 뭐라 이야기 하냐?"

아이들은 불편한 몸짓으로 당당하게 말합니다.

"다시는 바다에 안 올 겁니다."

아이들이 좋아하는 놀이동산이나 야구장은 학교에서나 아이들 친구와도 갈 수 있는 곳이지만 내가 가는 곳은 쉽사리 만날 수 있는 공간이 아니기에, 더욱이 이런 서정적인 공간은 나이가 어릴 때 접해야 정서적으로 안정된다는 신념에서 밀어붙였습니다.

그러나 부모들이 편향된 교육을 하며 '사랑'이나 '애정'이라는 편협한 단어로 자신의 잘못을 감추기에 급급하였음을 발견하는 데는 오랜 시간이 걸리지 않았습니다.

초등학교 4학년인 아들의 행동으로부터 깨달은 나의 오만과 편협성이 부끄러웠고 지금도 아이들(특히 얼이)에게는 죄책감으로 남아있습니다.

내가 아닌 좋은 아빠를 만났다면 그 아이의 훌륭한 자질을 키워주고 닦아주어 지금보다는 나은 사람으로 만들었을 것이라 판단되기 때문입니다.

차라리 그 시절 그 아이가 하고자 하는 대로 그대로 지켜만 보았어도 아이는 자신의 문양을 가지고 자신의 어린 시절을 사랑스럽게 그려 놓았을 것입니다.

'추억과 향수'라는 명목으로 모든 것을 밀어붙인 아빠의 편협함이 아이를 얼마나 절망하게 했을까라고 생각하니 과연 나는 부모로서 자격이 있을까 하는 상실감마저 듭니다.

자녀 교육은 편협한 열정과 애정으로 하면 절대 안 됩니다. 차라리 무관심으로 대처하는 게 현명하다고 할 수 있습니다.

나는 실패를 통해 자식 교육의 기본이 무엇인지를 비로소 조금은 알게 됐습니다.

이 글을 적는 주된 목적도 다시는 나 같은 천박하고 편협한 사랑으로 자녀들을 망가뜨리지 않았으면 하는 바람 때문입니다.

자녀 교육의 기본은 '신체적 교감'입니다. 안아주는 것이 자녀들에게 가장 큰 교육의 서막입니다. 자신의 피를 소유한 자녀들과의 육체적 친밀도는 부모와 자식 간에 끈끈한 애정을 돈독히 하며 말로는 표현할 수 없는 따뜻한 정을 교감합니다.

하염없이 인자한 눈길로 어루만지고 쓸어주는 자녀는 절대로 부모가 원하지 않는 길을 걷지 않습니다.

사랑 가득한 마음으로 자녀를 껴안아 주었을 때 아이는 자신의 존재가 가정에서 얼마나 중요한지를 알게 됩니다.

축구장이나 배드민턴장에서 자녀들과 부모와 자식 간에 땀을 공유했을 때….

자전거나 산책로에서 자녀들과 시간을 공유하는 삶이라면….

길을 걸을 때 아무런 스스럼없이 아이들과 손을 잡으며 걸을 수 있는 그림이라면….

행복한 모습으로 달려와 부모의 품에 안기는 아이들의 살가움이 있다면….

자신의 삶과 가족의 삶은 보다 윤기 있고 아름다운 순간으로 존재할 것입니다.

풍성한 신체적 교감을 기본으로 단단히 다져진 후 자녀 교육 문제는 각자의 문양으로 각자의 길을 걸으면 될 것입니다.

그리고 조금의 여유가 있다면 아이에게 작은 대화를 나눠 주십시오.

"난 너를 사랑한단다."

"난 너를 믿는단다."

가족회의

두 명의 아들과 한 명의 딸.

오늘의 내가 불만족스럽기에 나의 아이들만큼은 나와 같이 후회하는 존재가 되지 않았으면 하는 의미에서 가족회의를 열었습니다. 말이 좋아 가족회의이지 실상은 아이들과 함께하는 다과 모임입니다.

쌍둥이 두 아이가 만 네 살이 될 때부터 매일 저녁 모였습니다.

이 모임은 아이들에게 작은 축제였습니다. 그 전에 슈퍼를 들러 모임 탁자에 놓을 과자를 아이들이 고르게 합니다.

한 아름의 과자를 안고 식탁에 앉아 가위바위보를 하고 이긴 사람이 먼저 과자의 주인이 됩니다. 과자의 주인이 정해지면 물물교환 방식으로 과자를 다시 나눕니다.

거실 불을 끄고 서정적이며 감성적인 음악을 틀어놓습니다.

각자의 촛불에 불을 붙이고는 어제 정한 주제에 대한 각자의 이야기를 듣습니다.

어린 아이들은 이야기하고자 하는 바를 제대로 표현 못해 스스로는 물론 듣는 이까지 답답하게 만듭니다. 듣던 다른 아이가 짜증을 내며 아이의 이야기를 자르려 하면 '아직 이야기 끝나지 않았다.'라는 주의를 줍니다.

"이야기하는 것도 중요한 일이지만 다른 사람의 이야기를 경청하는 것도 중요하단다. 우리는 가족이니까."

"가족이 하나가 되기 위하여 우리 모두 부단한 노력을 하여야 한다. 끊임없이 생각하고 서로를 이해해야 하는 거야. 엄마, 아빠와 너희들이 함께 행복한 가정을 만들어 나간다는 이야기란다."

사회가 문명화될수록 가족보다는 개인의 문화가 진화합니다.

텔레비전, 게임기, 핸드폰의 매력이 가족이라는 '가슴의 문화'를 밀어내고 자기 자신만의 세계를 공고하게 구축해 갑니다. 가족이나 지인들, 책을 통해 얻을 수 있는 지식과 정보를 휴대폰만으로 손쉽게 습득합니다. 너무나도 쉽게 얻기에 설렘이나 감동 따위는 존재하지 않습니다. 물론 모든 것이 급하게 변하는 시대이기에 문화의 진화를 부정할 수는 없지만요.

가족 소모임을 고집했던 이유는 아이들에게 대화하는 방법을 가르쳐 주고 싶은 마음에서였습니다.

사회에 적응을 잘 하는 사람이란 공부를 잘하거나 똑똑한 거보다는 주관이 뚜렷하고 자기 생각을 설득력 있게 전달하는 사람이란 판단에서 만든 가족회의였던 것입니다.

주제는 일상적인 것으로 정합니다. 촛불, 연필, 아이스크림, 식탁 등 일상적인 물품을 주제로 하여 각자의 이야기를 전개합니다. 부족한 점이 있을 땐 내가 보충 설명으로 "이런 의미가 아니었느냐"로 말해주면 아이들은 자신감 가득한 긍정의 미소를 짓습니다.

가족에 관한 일을 할 때는 투표로 합니다. 다섯이서 똑같이 한 표를 행사합니다.

어느 날 주제는 '금연'이었습니다. 투표를 하니 결과는 4:1로 금연. 나는 아이들에게 뇌물을 주어 며칠 후 다시금 표결에 부쳐 3:2로 결정을 뒤집기도 하지만요.

지속해서 가족 모임을 하니 불과 몇 년 만에 아이들은 몰라보게 개성이 강한 아이들로 변했습니다.

얼이와 샘이가 유치원에 다닐 때 일입니다. 승용차 없이 1박 2일로 강원도 속초로 여행을 다녀 왔습니다. 집에 도착하니 새벽 2시가 넘었기에 아내에게 말했습니다.

"피곤하니 우리 씻지 말고 방 청소도 하지 말고 그냥 잡시다."

방에 누워 잠을 청하는데 아이들 방에서 이야기 소리가 들렸습니다. 얼이와 샘이가 방 청소를 하고 있었습니다. 피곤함에 지친 이듭이가 방구석에 쪼그린 채 곯아떨어져 자고 있었습니다.

그 어린 동생이 혹시 깰까 봐 조심조심 방 청소를 하는 두 아이를 보니 가슴이 섬뜩했습니다.

'이제 여섯 살인 아이들이 이 시간에…'

아내에게 말했습니다.

"내가 아이들을 잘못 키우는 것 같소."

피곤함에 절은 아내가 말했습니다.

"아니 왜요?"

"우리도 피곤하여 그냥 잠을 자려 하는데, 여섯 살짜리 철부지들이 지금 이 시각에 방 청소를 하고 잔다는 것은 문제가 있는 일입니다."

"기특한 일 아닌가요?"

"아이들은 아이들답게 커야 하는데 우리 아이들은 아이들 냄새가 안 납니다. 좌우지간 내 교육방법에 문제가 많은 것 같소."

두 아이가 초등학교에 들어갈 때쯤 아내에게 말했습니다.

"우리 부부가 없어도 최소한 두 아이는 흔들림 없이 살아갈 수 있을 정도로 강합니다. 우리 집에서는 부모가 문제지 아이들은 흠잡을 것이 없습니다."

이런 말이 저절로 나올 정도로 자기 일은 스스로 책임질 줄 아는 조숙하면서도 주관이 강한 아이들로 변해 있었습니다.

지금은 장성한 아이들이 자신의 일에 만족해하는 모습과 어느 누구보다도 '가족'을 사랑하는 모습을 보면 어린 시절 아이들과의 대화만큼 소중한 것이 없다고 판단됩니다.

아이가 어리면 어릴수록 그 효과는 더욱 커지지요.

한편 아이들은 그 시절에 촛불을 켜고 들었던 서정적인 음악들을 아직도 기억합니다.

가족이 테이블 주위에 둘러앉아 도란도란 정감 있게 마주한 모습을 기억합니다.

"아빠 예전에 우리가 들었던 음악!"

"우리 가족이 모여 앉아 음료수 마시고 과자를 먹었던 소중한 순간들…."

따사한 아이들의 미소에서 내가 그리 잘못 살지만은 않았다는 생각이 듭니다.

자녀와 책

내 아이들에게 이런 말도 했습니다.

"이것만큼은 이 세상에서 내가 최고라는 자부심이 있어야 한다. 그렇지 못한 이와는 큰 차이가 있기 때문이지. 내가 최고라는 자부심을 가지면 배엔 힘이 들어가고 어떤 자리에서도 당당할 수 있거든."

나는 주변 어느 누구보다 많은 독서를 하였다고 자부합니다.

많은 형님과 누나들 속에서 막내로 자란 나는 학교에 들어가기 전에 만화책 심부름을 하여야만 했습니다. 형님이 만화책 제목을 적어주고 그 글자가 무엇인지를 전해 주었습니다.

심부름 값이 쏠쏠했던 관계로 그 일에 즐거워했던 나는 텔레비전이 없던 시절 그 책을 읽으며 희희낙락하는 형님들을 보면서 '만화책이 저렇게 재미있는 건가?'라는 호기심과 나도 당신들처럼 만화책을 많이 읽어야겠다고 다짐했습니다.

유독 자상한 셋째형님은 내가 가져간 만화책의 줄거리를 이야기해 주었습니다.

형님의 이야기를 듣고 있노라면 내가 그 책의 주인공이 되어 있습니다.

호기심이 깊어져 셋째형님에게 만화책을 읽어달라고 하면서 글자를 조금씩 깨우쳐 나갔습니다. 이런 나에게 셋째형님은 한 번도 짜증을 낸 적이 없습니다.

큰누님은 이런 동생들이 마냥 한심하다고 암담해 했지만 그 시절 아직 초등학교도 안 들어간 조그만 막내가 완벽하지는 않지만 받침이 없는 글자를 어느 정도 읽는 모습을 귀여워하기도 했습니다.

내 생일 날이었습니다.

한 번도 생일 선물이라고는 받아 본 적이 없는 나에게 큰누님이 퇴근하면서 '흥부와 놀부'라는 컬러 책을 사다 주었습니다.

그 책을 본 나는 커다란 충격에 휩싸였습니다. 컬러로 된 그림과 글이 어우러진 책장을 넘기면서 세상이 온통 내 것 같은 착각에 빠져 버렸습니다. 큰누님과 한 자 한 자 글자를 읽어 나가는 그 순간만큼은 그 책을 소유한 내가 이 세상에서 제일 부자이고 행복한 아이였습니다.

나는 형님들과 누나가 왜 만화책을 즐기는지 비로소 깨달았습니다. 만화책을 보는 동안은 내가 만화 속의 주인공이 되어 나쁜 사람을 혼내 주고 가여운 사람들을 도와주는 착한 사람이 되는 것이었습니다.

만화책의 마지막 장을 넘기는 순간까지 '전율'은 쉽게 사라지지 않았습니다.

초등학교 3학년이 되었을 때는 만화책방에 있는 모든 만화책은 다 보았을 정도였습니다.

이후부터는 초등학교 도서실에 있는 책들에 손이 가기 시작했습니다. 어떤 책이 좋은지를 몰라 일단 닥치는 대로 읽어 나갔습니다. 재미있는 책은 읽고 또 읽었습니다.

많은 독서를 하다 보니 나도 모르게 다양한 지식을 얻게 되었습니다. 국어 시간에 선생님이 다른 친구들에게 "준호처럼 예습 좀 하라."는 주문을 할 정도였습니다. 예습이라고는 한 번도 한 적이 없는데 말입니다.

많은 책을 읽다 보니 잘 모르는 '단어'도 문맥을 통해 의미를 능히 파악할 수 있게 되었습니다. 중학교에 다닐 땐 웬만한 문학 전집이나 소설책은 다 독파하였고 철학책에도 관심이 많았습니다. 다른 사람과 대화를 하거나 자유 토론에서 내 이야기를 논리적으로 이야기할 수 있게 됐습니다.

앞서 이야기했지만 내가 책을 좋아하게 된 가장 큰 이유는 다섯 살 위인 셋째형님 덕분이었습니다. 형님도 책을 좋아하시는지라 당신이 감명 깊게 읽은 책에 관하여는 몇 시간이고 이야기해 주었습니다. 책을 읽고 난 후 형님과 내 생각을 이야기하는 순간은 사춘기 시절 꽤나 즐거운 시간이었습니다.

자랑할 만한 이야기는 아니지만 우리 집 형제들은 가끔 부모님 몰래 화투를 쳤습니다. 재미있는 것은 초등학교 3학년 때부터 형님들과 화투를 쳐서 져 본 적이 없다는 사실입니다.

형님들은 민화투로 시작해 섰다, 도리 짓고 땡, 고스톱, 육백, 월남화투, 나중에는 카드를 가지고 나한테 도전을 하였지만 규칙을 숙지한 나에게 언제나 졌습니다.

일곱 살 위인 둘째형은 안 되겠다 싶어 돈 내기 오목을 가르쳤다가 당신의 의도대로 되지 않자 장기를 가르치기도 했습니다. 그것도 여의치 않자 이번에는 바둑으로 승부를 걸었습니다.

그리고 마침내 그 형님은 더 이상 나에게 아무것도 가르치려 하지 않았습니다. 초등학교 6학년 때 이미 동서양 도박을 마스터하고 장기는 2급, 바둑은 6급 정도의 실력이었으니까요.

아마도 나이에 비해 잡기가 강한 이유는 많은 독서로 인해 학습 능력이 비약적으로 발전한 탓 아닌가 생각이 듭니다.

자녀들에게 독서를 강요한 가장 큰 이유도 그것이 성장 과정에서 필수 요소라는 믿음이 있었기 때문이었습니다.

아이들이 글자를 깨치면 부모는 감명 받았던 책들의 이야기를 먼저 해 주어야 합니다. 그리고 당신이 만났던 감동의 전율을 자녀에게도 느끼게 해 주어야 합니다. 자녀에게 꽂히는 그 진한 감동은 책이라는 매개를 통해 만날 수 있음을 알려 주십시오.

일단 '이 책은 좋은 책'이라고 한 번 권해보시지요. 그리고 그 책에서 받은 감동과 충격을 이야기해 줍니다. 아이는 부모와 공감대를 공유하기 위하여 그 책을 읽으려고 무던히도 노력할 것입니다. 그리고 권해 준 서적의 내용을 간간이 물어보십시오. 그렇다면 아이들은 더욱 진지하게 당신이 권한 책에 애정을 가질 것입니다.

책을 권함에 있어 절대 금기가 있습니다.

아이가 일단 책에 관심을 가졌다고 할지라도 그들을 위한다는 마음으로 아이들이 원하지 않은 서적을 권해서는 안 됩니다. 전집으로 책을 사 주는 것보다는 책방이나 도서관에서 한 권, 한 권씩 읽게 하는 것이 좋습니다.

스스로 감명 받은 '자신의 책'이라고 그 훌륭한 감동을 선사하고 싶은 마음에서 아이에게 강요해서도 안 됩니다. 아이의 모습에서 '읽고 싶다.'라는 욕구가 보여 질 때 그때 책을 사 주어야 합니다.

사랑스러운 자녀가 더 많은 지식과 소양을 쌓았으면 하는 바람에서 아이가 소화할 수 있는 분량보다 많은 책을 사 줘서도 안 됩니다. 조만간 소각장으로 직행할 운명인 서적들을 집안에 가득 싸놓는 것은 죄악입니다.

때로는 책 속의 한 구절이 삶의 이정표가 될 수 있습니다. 한 권이라도 자신의 여정에 충분한 토양이 되는 감동을 주는 것이 책의 세계입니다. 한 번에 많은 양의 책 속에서 이런 진한 감동과 감명을 만나기는 쉽지 않습니다.

아무리 훌륭한 책이라도 그것을 소화할 '적당한 시기'가 아니면 그것은 양서로서의 가치를 상실합니다. 아이의 상태를 잘 관찰하면서 상황에 맞게 책을 권해야 합니다.

아무리 좋은 묘목이라도 거름을 많이 주면 독이 되어 죽어버립니다. 농부가 나무를 심고 나무의 상태를 보면서 거름의 양을 조절하듯이 아이의 소양을 보면서 대화로서 그에 맞는 책을 권해야 합니다.

한 개의 훌륭한 열매를 맺게 하려고 농부도 수십 년을 사랑과 정성을 다합니다. 조금이라도 무관심해지면 아무리 튼튼한 나무라도 좋은 결실을 얻기는 힘듭니다. 하물며 자식에 있어서는 농부보다 몇 십 배 더 많은 관심과 사랑이 필요합니다.

많은 책이나 사 주고 독서를 강요하며 자신의 할 일을 다 했다고 이야기하는 부모가 의외로 많습니다. 부모의 이기적인 생각으로 말미암아 자녀는 이미 책과 담을 쌓고 부모의 바람과는 다른 길을 걷고 있는데 말입니다.

사랑스러운 내 분신들이 책을 좋아할 수 있는 분위기를 만들어 주는 것이 부모로서의 역할입니다.

부모는 자식에게 절대 조급하게 대하면 안 됩니다. 그냥 곁에서 아이들이 자라는 것을 지켜보는 것이 올바른 부모입니다.

아이들 손을 잡고 책방으로 들어가 아이가 원하는 책을 사게 하십시오. 때로는 아이가 선택한 책이 그리 달갑지 않을 수도 있습니다. 아이의 취향과 행동이 자신과 다르다고 실망하지 마십시오. 좋은 부모는 아이의 선택을 존중해 주어야 합니다. 그리고 아이가 선택한 책에 관해서 관심을 가지고 이야기하십시오.

그러면 아이는 부모와 손잡고 책방에 가는 것이 즐거운 일상이 될 것입니다.

그리고 지속적으로 아이의 선택을 칭찬해 주세요.

예전보다 많은 애정을 가지고 당신의 손을 잡고 책방에 가려 할 것입니다. 자신의 세계를 인정하는 자랑스러운 부모가 자신의 곁에 있기 때문입니다.

부모의 역할은 여기까지입니다.

아이들은 개성을 가진 인격체입니다. 부모는 자식들이 성숙하는데 밑알이 될지언정 자녀의 사고 속에 들어가 걸림돌이 되어서는 안 됩니다.

자녀의 여정에서 부모는 편안한 휴게소가 되어 그가 힘들어할 때 잠시 흐르는 땀방울이나 닦을 수 있는 공간 역할이면 족합니다.

눈높이 대화

책방에는 자녀 양육에 큰 도움이 된다고 주장하는 '눈높이 교육'이라는 서적들이 많이 전시돼 있습니다.

교육이라는 단어가 눈에 거슬립니다. 차라리 '눈높이 대화'라고 이름 붙였다면 조금은 친근감을 느꼈을 것 같습니다.

예전에 스승의 날 선생님께 쓴 편지로 인하여 나에게 혼나던 큰아들이 울먹이며 하던 이야기가 생각납니다.

"그분은 학생들을 사랑하지 않습니다. 당신의 필요성으로 학생들을 사랑합니다. 그런 분은 선생님으로서 자격이 없습니다."

얼이와 대화를 하면 늘 이런 투의 말로 나를 피곤하게 만들기에 그가 말하는 순간부터 짜증이 확 일었습니다.

내 딴에는 '사람들과 설득력 있게 대화하는 것만큼은 자신 있다.'고 자부하면서 살아왔는데 얼이 만큼은 어릴 적부터 너무 높은 벽이었습니다. 그래도 나의 분신이기에 인내심을 가지고 이야기를 이어갔습니다.

"그래도 너한테 배움을 전해 주시는 분이란다. 그것만으로도 네가 존경해야 할 충분한 자격이 있다."

얼이는 울먹이며 말했습니다.

"아빠의 눈높이로 저의 모든 것을 보지 마세요. 저의 눈높이로 저를 보아 주시면 안 되나요? 아빠의 눈으로만 저를 보지 마시고 저의 눈으로 저를 보아 주시면 안 되나요?"

난 얼이의 말에 순간 큰 충격에 빠졌습니다.

그때까지 난 빨리 학업 진도를 나아가야겠다는 입장으로만 모든 것을 판단하고 행동했지 아이의 입장에서 생각해 본 적이 한 번도 없었기 때문이었습니다.

아이들이 내 교육 방법에 불만이 많은 것을 잘 알고 있었지만, 학업에 관한 한 내 '욕심' 때문에 아이들을 몰아붙였습니다. 아이들이 많은 지식을 조기 습득하기를 원했기에 '몽둥이'를 놓고 학업을 진행했습니다.

어린 나이에 감당하기 어려운 과제를 매일 진행하기 때문에 나와의 공부 시간은 하루 최소 6시간을 넘기는 일은 보통이었고 때로는 새벽 2시까지 이어졌습니다.

얼이는 점점 공부에 싫증을 느끼고 그럴수록 내 마음은 급해져 몽둥이를 드는 횟수가 늘어만 갔습니다.

이런 행동이 아이들에 대한 '사랑'이라 생각했습니다. 마음 속한 곳에는 '아이들 공부를 위하여 나같이 헌신하는 아빠는 없을 것'이라는 철부지 자만심으로 가득했습니다. 지금은 철이 없어 나를 이해하지 못하기에 불만으로 가득하지만, 시간이 지나면 나

를 이해하고 자신이 얼마나 아빠의 사랑을 먹고 자란 아이라는
것을 깨달을 것이라는 자긍심마저 있었습니다.

그러니 힘이 들더라도 이럴 때일수록 아빠의 직무에 충실해야
한다고 스스로 채찍질을 하고 있던 상황이었습니다.

매일 제시하는 과제는 '고사성어 20개, 왕수학 2페이지', 고사
성어는 음과 훈, 그리고 뜻까지 정확히 기입할 것을 요구했습니
다. 한 개가 틀리면 한 대씩 매를 맞아야 했고 다시 재시험을 보
고 또 틀리면 틀린 수만큼 매를 맞아야 했습니다. 그리고 반드시
과제가 완벽하게 끝나야 일과를 종료했습니다. 큰아이의 엉덩이
는 피멍이 가실 날이 없었습니다.

그러던 어느 날 한자 책을 보고 점수를 매기는 것을 보고 얼이
가 말했습니다.

"아빠도 같이 시험 보세요."

짐짓 찔리는 것이 있어 아들에게 망신당하기 싫어 나도 회사
에서 책을 보고 한자를 완전히 인지하고 퇴근했습니다.

얼이는 그 나이의 아이보다 머리가 명석하다고 판단되었기에
학교에서 배우지 않는 단계 높은 과제를 내주었고 쌍둥이 동생 샘
은 평범한 머리를 가지고 있다고 판단되기에 그 아이의 과제는
'산수는 학교 교재로, 한자만큼은 고사성어 20개'로 통일했습니
다.

샘이는 몽둥이가 무서워 내가 하는 과제에 적극적으로 하려는

편이었지만 개성 강한 얼이는 자신이 열심히 하면 할수록 아빠의 바람은 더욱 높아만 가 자신들에게 주어지는 과제만 과중됨을 알았기에 차라리 아빠의 욕망을 꺾는 게 낫다는 판단으로 항시 불성실한 태도로 나를 대했습니다.

샘이가 수학 문제를 못 풀면 다정다감한 목소리로 말했습니다.

"이건 이렇게 풀면 되잖아. 넌 머리가 좋으니 조금만 노력하면 이 정도는 풀 수 있단다."

샘이에게 내 준 문제보다 훨씬 난이도가 높은 수학 문제지만 얼이가 틀리면 나도 모르게 언성이 높아졌습니다.

"네가 어떻게 이런 것을 틀릴 수 있냐? 문제를 풀 때 집중력을 갖고 풀란 말이다."

"너 바보냐! 어떻게 이런 걸 틀려."

얼이는 학업에 관한 한 자신과 샘이의 처우가 다른 것에 불만이 컸습니다. 그런 얼이의 불만에 나 역시 화가 치솟았습니다.

얼이와의 갈등이 팽배한 시점에서 터진 '스승의 날' 편지 사건은 커다란 충격이었습니다.

하지만 그 아이와의 대화 중 '자신의 눈높이로 자신을 보아 달라.'는 말은 여태까지 내가 아이들을 위하여 한 행동들이 얼마나 잘못된 일이었는지 깨닫게 해 주었습니다.

아이들에게 우리 집 가훈은 '역지사지'라고 그렇게 강조하였는데…. 항시 상대방이 되어 생각하고 그 상대방을 아우르며 사는 것이 현명한 삶이라고 가르쳤는데…. 등잔 밑이 어두운 탓인지 막상 내 아이들에만큼은 그들의 입장에서 생각해 본 적이 한 번도 없었습니다.

오래전 얼이가 한 이야기가 떠올랐습니다.

"맞으니까 공부를 하기는 하는데요. 전 공부가 싫습니다. 예전에는 수학이 좋았습니다. 하지만 아빠가 강요하는 수학 시험을 보면서 수학이 싫어졌습니다."

"아빠! 정말 아빠가 친아빠 맞나요. 친아빠라면 어린 애들을 그렇게 때릴 수가 없습니다. 엄마가 아무리 친아빠가 맞다고 해도 난 그렇게 생각이 안 듭니다."

여태까지 흉측한 아버지로서의 역할만 했지 아이의 입장에서 생각했던 적이 한 번도 없었습니다.

과연 저 어린 나이에 아버지의 욕심 때문에 벌써 학업이라는 족쇄에 묶여 제대로 뛰어놀지도 못하고…. 아무리 학생이라 하더라도 공부라는 것은 학교생활의 일부이지 전부가 아닌데…. '욕심'이란 놈 때문에 사랑스러운 내 아이들을 내가 죽이고 있다는 것을 비로소 깨달았습니다.

큰아이는 차라리 방치하였으면 내 손을 타지 않았다면 지금보다 매사 적극적인 아이가 되었을 텐데….

내가 이 아이를 망쳐버렸다는 자괴감마저 들었습니다.

난 큰아이에게 정중히 사과했습니다.

"미안하다."

"앞으로 너에게 아니 너희들 모두에게 절대로 공부를 가르치지 않으마."

그 후부터는 나는 의식적으로 아이들의 일에 간섭하지 않습니다. 매사 내가 어떤 행동을 했는지를 떠 올리며 아이들을 이해하려고 애썼습니다.

때로는 아이들의 행동에 부아가 치밀면 슬며시 침대로 가서 대자로 눕습니다. 상황을 파악한 아내는 곁에 와서 따뜻한 미소를 짓습니다.

아내에게 푸념조로 말합니다.

"저것들! 지들이랑 똑같은 자식들 낳아 나같이 열 좀 받아봐야 해."

아내는 나의 횅한 탄식을 포근한 미소로 감싸줍니다.

역시 아내의 포용력과 헌신적인 사랑이 우리 집을 이끌어 나가는 원동력인가 봅니다.

아버지가 되는 방법

형님들은 커 가는 자식들에 대한 불만이 많습니다.

"집에 오면 공부를 할 생각은 전혀 안하고 놀러 다니기만 한다."

"무슨 말을 하면 고칠 생각은 안 하고 왜 그리도 말대꾸만 꼬박꼬박하는지…."

"집에 있으면 밥 때 거르면서 방문을 걸어 잠그고 밤잠도 안 자고 게임만 해대고 하루 종일 잠만 퍼질러 잔다."

형님들이 상한 마음을 동생인 나에게 넋두리 삼아 푸념을 합니다. 얼굴에는 자식들에 대한 불만이 진하게 묻어납니다. 난 진지한 목소리로 형님들에게 말했습니다.

"형님들은 그 나이 때 어땠습니까?"

"그래도 난 내 할 일은 했다."

나도 모르게 고개를 가로젓습니다.

"제가 보기에는 조카들이 형님들보다 훨씬 낫습니다."

"형님들은 조카들에게 형님이 살아오면서 겪었던 시행착오를 겪지 않았으면 하는 마음이 있습니다. 그것을 사랑이라고 착각하지요. 그것을 위안 삼아 아이들에게 충고나 덕담이라 생각하고 말씀을 하시고 행동을 하십니다. 하지만 조카들은 그것을 '잔소리'라고 합니다. 형님들은 모르겠지만 예전의 나나 내 친구들은 '부모님의 사랑' 때문에 부모님과 벽을 쌓았습니다. 아무리 좋은 이야기도 그것을 이해할 역량이 없는 상태에서는 그 말은 '부모와 자식 간에 거리'를 만드는 단서를 제공할 뿐입니다."

잠시 뜸을 들이고 다시 말을 이어 나갑니다.

"조카 나이 때의 형님들을 생각해 보십시오. 최소한 현실에 관한 통찰력이 형님들보다 예리합니다. 그리고 자신들이 어떻게 살아야 하는지에 관한 고민도 형님들보다 현실적입니다. 지금 세대가 그런 세대이기 때문입니다."

"그래도 자식들이 너무 생각 없이 살아."

"형님은 생각을 가지고 살아 본 적이 있습니까? 내가 보기에는 조카들은 자신의 조건에서 제 나름대로 최선을 다하면서 살고 있습니다. 형님들 말씀은 대부분의 부모가, 아니 아버지란 분들이 자식에게 갖는 편견입니다. 장남인 친구가 저한테 말했습니다. '자신한테 했던 아버지의 모든 행위가 싫었다.'라고. 그리고 장가 들어 자식을 낳았을 때 자신만큼은 절대로 자신의 아버지처럼 자식을 안 키우겠다고 몇 번이고 다짐했답니다. 그런데 자식이 커 가면 커 갈수록 자신에게서 돌아가신 아버님의 그림자가 보이더랍니다."

그래서 그 친구에게 이렇게 말했죠.

"아버지와 자식, 특히 아버지와 장남은 서로를 이해하기가 매우 어려워. 장남만큼은 좋은 작품을 만들겠다는 욕심이 부자지간에 갈등만 심화시키지. 자식을 망쳐 버리기까지 하는 극단의 경우마저 왕왕 있어. 그 좋은 예가 나와 얼이와의 모습이고. 다행인 것은 초등학교 4학년 이후 난 아이들에게 어떤 충고나 조언을 하지 않아. 단지 아이들이 하는 것을 지켜만 보고 있지."

이야기를 듣던 형님은 내 말에 조금은 수긍을 하면서도 고루함의 잔재들을 완전히 버리지는 않았습니다.

"그래도 네 아들은 어린데 그 어린것들이 무엇을 안다고…. 부모로서 당연히 아이들을 이끌어 주어야지."

"형님 무관심이 아닌 무한한 애정이 있고 무한대의 관심이 있으면서 아이들에게 아무 이야기 하지 않는 게 쉬운 방법일까요? 아니면 이야기하는 게 쉬운 방법이겠습니까?"

길게 숨을 몰아쉬며 다시 말을 이어 나갔습니다.

"죄송합니다만 형님들을 포함한 대부분의 부모는 아이들을 보면 깊이 생각하지 않고 순간 감정적인 언어를 사용합니다. 이성이라고는 그림자도 찾아볼 수 없는 그런 흉측한 단어를 나열하면서 말입니다. 이것이 형님들이 그토록 당당하게 말씀하셨던 '아버지로서 자식에게 향하는 사랑의 실체'입니다. 아버지란 길은 멀고도 험한 길입니다. 형님들 말씀처럼 '자녀 교육'은 말로 하는 것이 아닙니다. 몸과 마음이 결합한 행동으로 보여 주어야 합니다. 농부가 소를 사랑하는 이유는 말없이 묵묵히 자신의 본분에 최선을 다하기 때문입니다. 아이들에게는 최선을 다하여 열심히 사는 아버지의 모습만 보여 주면 됩니다. 그 다음은 아이들의 몫입니다. 그리고 아이들의 모습을 지켜보기만 하면 됩니다. 아이들이 못 믿어지면 힘껏 껴안아 주십시오. 그리고 '사랑한다. 난 너를 믿는다.'라고 말씀해 주세요. 형님들이 여태까지 저한테 말씀한 잔소리보다는 훨씬 쉬우면서도 아이들에게는 최고의 영양제가 될 겁니다. 설령 부아가 치밀어 오르면 아이들의 좋은 점을 떠올리십시오. 제 조카라서 하는 말이 아니라 조카들은 형님보다는 많은 장점을 가지고 있는 아이들입니다."

형님들은 이제야 수긍이 가는지 조용히 탄식을 내뱉습니다.

"네 말에 일리가 있다."

"형님들에게 할 소리는 아니지만 저도 나이가 드니 체력이 예전 같지는 않습니다."

전에는 부득이한 경우 밤새 술을 마시더라도 눈 한 번 붙이지 않고 출근하여 죽어라 일만 했습니다. 오전에는 입 안 가득 술 냄새가 진동하지만 시간이 지나면서 말짱해졌지요. 퇴근하면 밥도 안 먹고 잠을 청하기도 했습니다. 그리고 그 다음날이면 몸이 개운했지요.

그런데 얼마 전 새벽 4시까지 술 마시고 6시에 일어나려는데

도저히 몸이 말을 안 듣더군요. 마음 속으로 '그래, 회사에 큰 일도 없는데 하루 쉬어야겠다.'는 생각이 굴뚝같았습니다.

그런데 순간 아이들 모습이 떠올랐습니다. 내가 아이들에게 줄 수 있는 것은 '성실한 아빠'의 모습이었습니다. 오늘 내가 회사로 출근하지 않으면 이후 이런 상황에서 다시 또 그럴 것이라는 생각이 들었습니다. 오늘 출근하면 다음에도 아이들이 무서워 출근할 것이고 어제 같은 술자리가 있으면 내 몸을 생각해 자제할 것이라는 생각이 들었습니다. 이런 생각에 억지로 출근을 준비하는데 집사람이 '오늘은 쉬세요.'라고 말하더군요.

나는 미소 지으며

"자식 무서워 출근하는 놈은 나밖에 없을 걸. 아빠에게 있어 자식들은 평생 '열쇠 없는 족쇄'인데 그걸 모르고 아둔한 나는 자식만들었다고 그리 좋아했으니. 멍청한 서방 출근합니다."

형님들은 이런 내 이야기를 듣고 침묵에 잠깁니다. 나는 이어서 말합니다.

"저에게 자식이 없었다면 그날 출근하지 않았을 겁니다. 이렇게 힘든 자리가 아버지라는 자리입니다."

"형님 가족이라는 나룻배가 정착지도 모르는 채 망망대해로 나왔습니다. 가족들 모두는 선장의 얼굴만 바라봅니다. 선장 또한 목적지를 모릅니다. 목에는 '책임감'이라는 족쇄가 채워져 있습니다. 하지만 선장은 선원들의 근심 어린 모습보다는 화사한 미소가 정겨울 겁니다. 선장은 아무나 하는 게 아닙니다. 속된 말로 전생에 죄업이 많았던 이가 하는 것이 가장입니다. 그 죄업을 씻기 위해서라도 많은 노력을 하여야 합니다. 부족한 저는 매일매일 아버지가 되는 방법을 공부하고 있습니다. 이것이 '실천'이라는 놈과 동행하여야 하는 일이기에 더욱 힘이 듭니다. 하지만 가족을 반품 받아 주는 곳은 없잖습니까? 제가 할 수 있는 한 최선을 다할 수밖에요."

아낌없이 주는 나무

고등학교 1학년 때 우연히 셀 실버스타인이 지은 '아낌없이 주는 나무'라는 책을 읽었습니다.

가벼운 동화라고 하기에는 너무나도 감명 깊은 책이었습니다.

초등학교 6학년 다락에서 우연히 읽은 헤르만 헤세의 '싯다르타'에서 맛본 충격과는 또 다른 감동이었습니다. 싯다르타가 서사적이라면 '아낌없이 주는 나무'는 서정적이었습니다.

아주 간단한 문장의 몇 페이지 안 되는 지면으로 사람을 그토록 잔잔한 감동의 여운 속에 잠기게 하는 글은 내 삶의 이정표가 되었습니다.

결혼을 하고 아이들이 생겼습니다.

사랑스러운 내 아이들에게 제일 먼저 들려주고 싶은 이야기가 '아낌없이 주는 나무'의 줄거리였습니다. 성격 급한 나는 아이들이 말을 알아듣는다고 판단되었을 때 비로소 그 책의 내용을 알려 주었습니다.

자신이 애써 키운 열매를 가져가도 사랑하는 대상이라면 빙그레 미소 지으며 행복해하고….

자신의 가지를 베어가도 사랑하는 대상이라면 행복해하고….

자신의 몸체를 베어내 배를 만들어 곁을 떠나도 그가 행복해하면 자신도 행복에 잠기고….

자신이 원하는 모든 것을 가져갔던 그가 늙고 병약한 몸으로 오갈 곳 없게 되어 찾아왔어도 한 치 원망 없이 마지막 남은 밑둥이로 안식처를 만들어 주면서도 자신의 마지막 행복을 노래하는 그 나무의 모습에서 우리들이 살아야 하는 이정표를 발견할 수 있었습니다.

그 책에서 받은 감동을 내 아이들의 가슴에 새기면서 살아가기를 바라는 마음에서 책을 사 주었습니다.

내가 살면서 항상 느낀 것은 사람은 반드시 행복해야 한다는 것입니다.

행복은 찾아오는 것이 아니라 자신이 만드는 것입니다. 행복은 큰 것에 있는 것이 아니라 작은 것에 있습니다.

행복은 등 뒤에 있는 것이 아니라 자신의 손 안에 있습니다. 너무 가까이 있어서인지 우리는 그것을 누리지 못합니다. 마치 손쉽게 마실 수 있는 '물'이야 말로 우리들에게 가장 소중한 음료수이건만 그 가치를 인식하지 못하는 이치와 같습니다.

이렇듯 행복은 늘 곁에서 우리의 손을 잡아 주고 있습니다.

행복은 받는 것이 아니라 주는 것입니다.

행복은 미로 속에 존재하는 것이 아니라 누구나 갈 수 있는 아스팔트에 존재합니다.

이 세상에서 가장 위대한 화가는 '아내의 얼굴에 행복한 미소를 그리는' 화가입니다.

아내의 미소는 행복의 거울입니다. 그 거울 속엔 나와 아이들의 행복한 모습이 있습니다.

여유를 가지세요. 조금씩 양보하세요. 이해하는 마음으로 오늘을 마주하세요.

편안한 마음으로 하루를 정리한다면 가족 모두에게 안식과 평화의 물길이 흐르고 기쁨과 행복의 노래가 그치지 않을 것입니다.

친구

아이들 친구가 오면 넉넉한 미소로써 말합니다.

"먹고 싶은 것 없니?"

처음 온 친구들은 주저합니다.

"친구 집에 오면 먹고 싶은 것을 당당히 말하는 것도 지혜란다. 뭐 먹을래?"

농담 섞인 말로 긴장감을 풀어주면 스스럼없이 말합니다.

"피자요."

"치킨이요."

우리 집 아이도 말합니다.

"떡볶이하고 순대요."

나는 결론을 내립니다.

"치킨하고 피자."

"아빠 나는 순대하고 떡볶이요."

피자와 순대를 시켜 주고는 아내와 함께 방에 들어가 절대 나오지 않습니다.

아이들이 집안에서 뛰거나 큰 소리로 떠들어도 절대로 그들

세계에 개입하지 않습니다.

내 아이의 손님이 곧 나의 손님이기에 왕으로 떠받들어야 한다는 것이 나의 철학이기도 하고, 아이들 친구를 귀하게 여기는 것이 곧 내 아이를 귀하게 여기는 일이라는 소신 때문이기도 합니다.

지인들이 가끔 우리 집에 오면 놀라는 게 작은 평수임에도 아이가 셋이나 있건만 인사를 하고는 자기들 방에서 절대 나오지 않는다는 사실입니다. 식사나 다과 시간에도 우리의 부름이 없는 한 '없는 존재'처럼 방 안에 틀어박혀 있습니다.

우리 집을 방문한 친구 부인이 이야기합니다.

"이 집 애들은 어떻게 키웠기에 아이들이 없는 것같이 너무나 조용해요. 우리 집 같으면 벌써 난리가 아니어서 정신이 없었을 텐데.'

"그저 철없는 아이들이라고 생각하고 키운 게 아니라 똑 같은 인격체라고 생각하면서 대등한 입장에서 이 집을 공유하면서 삽니다."

그 부인이 머리를 갸우뚱하자 말을 이었습니다.

"아이들 친구가 오면 내 손님이 방문한 것처럼 최선을 다해서 손님을 맞이합니다. 물론 집 밖을 나서기 전까지 내 손님으로 예우를 합니다. 아이들은 그런 모습에 자신들이 어떻게 처신하는지를 터득하지요."

부모는 말로 아이들을 가르치려 합니다. 나는 그런 부모는 태만하다고 여깁니다.

말없이 조용히 몸으로 보여 주는 것이 아이들에게 필요한 교육이라 생각합니다. 자신이 행동으로 보여 주지도 못하면서 단지 부모라는 이유 하나로, 아이들에게 교육과 덕담이라는 명분하에 이런저런 이야기를 하는 것은 바람직하지 못합니다. 차라리 안 하는 게 낫습니다.

우리보다도 아이들은 훨씬 현명한 판별력을 가지고 있습니다.

예전에 우리가 느꼈던 감정이나 판단력이 요즘 아이들에게는 유치하고 허접스럽게 보일 수도 있고요.

아이들을 훈계의 대상이 아닌 대화의 상대로 예우한다면 지금보다는 조금 더 훈훈한 가정을 이룰 수 있을 거라고 생각합니다.

유치원에 다니는 얼이가 나에게 물었습니다.

"아빠. 친구 생일 선물을 어떤 것으로 하면 좋을까요?"

"선물을 하려거든 네가 갖고 싶은 것을 하렴."

"비싼데요."

"만약 네 친한 친구가 그것을 선물했을 때 너의 기분은 어떻겠냐?"

"되게 좋을 겁니다."

"선물은 그렇게 하는 거란다. 주는 이의 기분으로 주는 것이 아니라 받는 이의 기분을 즐겁게 하는 것이 좋은 선물이란다. 하지만 억지로 비싼 물건을 선물하는 것은 상대방에게 부담이 될 수 있으니 네가 할 수 있는 최선의 선물을 하는 것이 제일 현명하다고 생각한다."

생일잔치에 갔다 온 얼이의 표정이 아주 행복해 보였습니다.

무슨 선물을 했냐고 물으니까 유치원 아이가 선물하기에는 약간의 무리는 있었으나 가장 친한 친구에게 하는 선물이니 할만도 하다는 생각이 들었습니다.

"친구가 좋아하든?"

"네. 친구가 좋아하는 모습이 보기 좋았어요. 살 때는 조금 갈등도 느꼈지만, 선물을 주고 나니 잘했다는 생각이 들어요."

"수고했다. 네 행동이 자랑스럽구나. 잘했다."

아이를 힘껏 안아 주며 등을 다독여 주었습니다.

"난 중학교 때부터 친구 집을 방문할 때 반드시 선물을 사 들고 갔단다. 그 행동이 '다소 건방지다. 잘난 척한다.'는 등 힐난의 이유가 되기도 했지만, 친구들 어머니는 한결같이 나를 칭찬했단다. 결과적으로 친구들이 나를 위해 쓰는 돈이 내가 지출한 금액보다 과하면 과했지 덜하진 않았지. 돈을 제대로 쓰는 것이 지혜란다. 만약 어디서든 네가 친해지고 싶은 사람이 있다면 그 사람에게 선물하는 것이 아니라 그 사람이 가장 소중하게 생각하는 이에게 선물을 건넨다면 어떻겠니? 그렇게 되면 네가 사용한 금액의 몇 곱절이 되어 너의 손으로 되돌아온단다. 이것은 이해타산적으로 말하는 것이 아니라 모든 교분을 두터이 하려면 현명한 방법으로 처신하라는 이야기이다. 만약 누가 너에게 선물을 주는데 그것이 너를 위한 선물인 것이 좋겠냐? 아니면 네가 소중히 여기는 이에게 주는 선물이면 좋겠냐? 상대방이 가장 사랑하는 이에게 주는 선물이 진짜 선물이란다."

얼이는 내 말에 두 눈을 반짝이며 귀를 기울였습니다.

아이들이 철이 든다.
아버지도 철이 든다.

행복의 원천

어제를 닮은 오늘! 오늘을 닮은 내일!

이것이 우리들 삶의 실체입니다.

나는 살면서 '고민'이라는 것을 깊이 해본 적이 없습니다.

나는 내일의 답을 알거나 그 모범 답안을 가지고 살 수 있는 존재가 아닙니다. 오늘도 많은 변수와 변화의 안개가 자욱한 숲을 걷기도 벅찬데 하물며 내일 일을 어찌 알겠습니까?

저는 내일을 생각하지 않습니다. 오로지 지금 마주하는 오늘 내가 할 수 있는 최선을 다합니다.

오늘 최선을 다했다고는 하지만 잠자리에 들 때면 '불만족한 나'를 발견합니다. 그때 '내일을 계획하는 것이 아니라 내일은 최선을 다하겠노라'는 다짐을 하며 잠을 청합니다.

오늘도 최선을 다하니 내일에 대한 잡념이나 두려움 따위는 없습니다.

아내는 늘 말했습니다.

"정말 당신은 생각 없이 사네요."

아내의 말마따나 내가 정말 '생각 없이 사는' 사람일 수도 있습니다.

그렇지만 나에게는 자부심이 있습니다. '이 세상에서 가장 행복한 사람은 나'라는 자부심입니다.

다른 사람보다 조금은 넉넉하게 자랐지만, 신혼은 단칸방 월세로 시작했습니다. 나는 이때가 가장 행복했던 것 같습니다.

친구들이 말했습니다.

"네가 어떻게 이런 곳에서 살 수 있겠니?"

사랑하는 사람과 함께라면 월세 쪽방이 아니라 더 험한 곳에서도 행복을 노래할 수 있습니다.

"보증금 100만 원에 월세 7만 원인 집에서 살고 자장면 값이 없어 라면을 먹어도 사랑하는 이와 얼굴 마주하며 식사를 한다면 산해진미보다도 맛있을 수 있지요."

이런 처지이면서도 목돈을 모아 최신형 오디오를 170만 원에 구입했습니다. 음악이 함께하는 집은 여유롭고 넉넉한 오늘을 만들어 주기 때문입니다.

행복은 항시 내 손 안에 있건만 의외로 자신의 등 뒤에 있다고 생각하는 사람들이 많습니다.

나는 아이들에게 말했습니다.

"조금 부족한 생활 속에서도 얼마든지 행복을 느낄 수 있다. 물론 너무 부족하면 안 되지만. 밥 한 공기를 먹어야 포만감을 느낀다고 가정할 때 구 할의 밥이 행복을 준다. 100원의 돈이 필요할 때 80원이나 90원 정도 있다면 그게 행복이라는 얘기지. 네 손에 200원의 돈이 주어지면 너는 500원, 1,000원을 모으기 위하여 네 자신을 잃어버리게 돼. 생활하는 데 조금 부족하면 자신과 이웃을 생각하게 된단다. 현실에서 과하면 반드시 탈이 나지. '부자가 천국에 가는 것은 낙타가 바늘귀에 들어가는 것보다 힘들다.'라는 성경 말씀은 진리라고 생각한다."

그렇다고 가난하게 살라는 말은 절대 아닙니다.

탈무드에 이런 글귀가 있습니다.

'돈이 없으면 사랑을 할 수가 없다.'

현실적으로 너무 부족한 삶은 자신의 영혼도 팔 수 있습니다.

저처럼 단순한 인간이라면 '오늘이란 놈을 만나면 주어진 조건 속에서 최선을 다하는 것이 가장 행복한 삶'이라는 데 동의합니다.

아내는 나와 정반대입니다.

아내는 지나간 것을 생각하지 않습니다. 내일에 대한 계획을 그리고 조금 후 완성될 그림에 대하여 굵은 뼈대를 세웁니다.

집을 매매할 때 법무사가 물었습니다.

"집주인 맞으세요?"

낯선 부동산 용어가 머리를 혼란스럽게 만들자 짜증 난 목소리로 아내에게 말했습니다.

"이런 거 나한테 시키지 마세요."

내가 법무사를 찾을 수밖에 없었던 이유는 간단했습니다. 집이 내 명의이기 때문에 간 것입니다.

이후 나는 아내에게 말했습니다.

"앞으로 모든 것을 당신 명의로 하세요."

내가 제일 가기 싫어하는 곳이 은행입니다. 살다보면 그곳을 안 갈 수는 없어 부득이한 경우 은행 문턱을 넘으면 내 표정은 금세 경직됩니다. 그때 아내는 자신이 무슨 큰 죄라도 지은 것처럼 안절부절못합니다. 그런 아내가 간혹 자신도 모르게 나에게 ATM기에서 현금을 좀 찾아오라고 부탁합니다. 한 번도 그 기계를 사용해본 적 없는지라 좋은 답변을 듣지 못하지요. 결국은 아내가 돈을 찾든가 초등학생 아이들이 대타로 그 역할을 합니다.

하루는 이사 갈 집을 함께 보러 가자고 했습니다.

난 밋밋한 어투로 화답했습니다.

"당신 마음에 들어요?"

"괜찮은 것 같던데요."

"그럼 계약하세요."

이사하는 날 아내가 이야기 한 아파트로 퇴근을 했습니다.

이삿짐을 싸고 새로운 집에 이삿짐을 정리하는 것은 전부 아내의 몫이었습니다.

빙그레 미소 지으며 방문을 넘었습니다.

"나 천재지. 당신이 주소만 가르쳐 주었는데도 단숨에 찾아오잖아."

아내는 어이가 없다는 듯 '뚱'해 있었습니다.

난 아내의 등을 살갑게 어루만지면서 말했습니다.

"당신 성공한 줄 알아. 당신 친구들 중에 나같이 비범한 남편 만난 친구는 없을 거야. 당신은 당당하게 우리 서방 박학다식하다고 남에게 자랑 좀 해."

어이없어하는 아내를 안아 주면서 자화자찬했습니다.

"나같이 훌륭한 사람과 결혼한 것은 당신 친구들 중에 성공한 케이스잖소. 내 자랑하는 것 같아 한 번도 이야기한 적이 없지만 말 나온 김에 내 '훌륭함'의 정도가 세종대왕님과 이순신과 비견된다는 것이오. 이것은 자화자찬이 아니라 나를 아는 주변인들의 이구동성이야."

어이가 없어 '멍' 때리는 아내에게 덧붙였습니다.

"당신이 이렇게 충격을 받을까 봐 여태까지 내 정체를 말하지 않았던 거요."

이번엔 아내의 볼을 가벼이 꼬집으며 말을 이었습니다.

"내 정체를 알았을 때의 충격 때문에 웬만하면 말 안 하려고 했는데 이왕 당신도 내 정체를 알았고, 신데렐라 계모의 인품으로 살아왔던 당신이 나를 만나면서 아버지를 위해 인당수에 뛰어든 심청이의 인품으로 개과천선한 이야기를 이번 기회에 책으로 출간하는 게 어떻겠소?"

아내는 헛웃음만 지으며 아무런 대꾸도 하지 않았습니다.

"서방님이 조곤조곤 살긋한 목소리로 이야기하면 쾌히 답을 하여야 하건만… 이런 상황은 천상의 품성을 가진 나를 폭력적으로 만들게 합니다."

아내의 손등을 질끈 꼬집어 비틀었습니다.

"아야. 아파!"

"내 말에 추호의 거짓이 있어 없어?"

"아파!"

꼬집는 손에 힘을 주었습니다.

"진짜 사는데 지혜롭지 못하다. 내 말이 맞아 틀려?"

"맞…아… 당신 말이 맞아."

비로소 꼬집었던 손에 힘을 품니다. 퍼렇게 멍든 아내의 손등을 따뜻한 눈길로 바라보며 말했습니다.

"앞으로 지혜롭게 사세요."

내 목소리가 거칠어지면 아내는 목소리를 낮춥니다.

아내의 목소리 톤이 올라가면 내가 목소리를 낮추어 줍니다.

나는 내 행복의 원천이 아내임을 잘 압니다. 현실적으로 돈을 생각하지 않고 산다는 것은 불가능에 가깝습니다. 결혼 전에는 어머니가 나를 온몸으로 감싸 안아줘서 행복할 수 있었고 결혼 후엔 아내가 성벽 역할을 해줘서 행복할 수 있습니다.

언젠가 처제가 이런 말을 했습니다. "형부는 나이보다 젊어 보이세요. 모르는 사람들은 제 또래라고 볼 거예요."

"처제 정신 연령이 어떻게 돼?"

처제가 의아한 표정을 짓습니다.

"남들은 내가 하는 행동을 보고 처제 아들이라고 해도 의심하지 않을 걸."

그도 내 말의 의도를 아는지라 미소로 답합니다. 아무리 생각해도 나는 아직도 10대나 20대처럼 철없는 행동을 합니다.

우물 안 개구리라는 말이 있지요. 내가 사춘기 소년의 마음으로 살 수 있도록, 세상의 험한 모습을 못 보도록 아내는 온몸으로 나를 감싸 안으며 살았습니다.

나에게 주어진 모든 행복은 곁에 아내가 있었기에 가능한 이야기입니다.

음식 만들기

나는 결혼 전 부엌에서 라면이나 끓여 먹었지 어떤 요리 행위를 해 본 적이 없습니다.

아내 또한 결혼 전에는 한 번도 부엌일을 해 본 적이 없습니다.

휴일 아내의 기상 시간은 빨라야 낮 12시입니다. 아점을 차려 놓고 통사정하면서 깨워야 간신히 수저를 듭니다.

아내의 인생관은 보통사람과는 많이 다릅니다. 자신의 배가 부르면 다른 모든 이의 배도 부른 것으로 간주합니다.

아내가 외출하여 식사 시간이 지나 귀가를 하면 불안해집니다.

굶주림에 절은 내 표정을 보고 씩~하니 미소 지으며 한 말씀 합니다.

"당신 배고파? 나는 배부른데."

기가 차지만 하도 미소가 귀여워 웃을 수밖에요. 억장이 무너지는 가슴을 달래며 라면이라도 끓여 먹습니다.

배가 부르다고 하여 라면 1개만 끓였는데 젓가락을 들고 식탁에 당당하게 앉는 아내의 모습에서 나 자신이 무던히도 슬퍼집니다. 하지만 아내는 조금도 미안해하지 않습니다.

아내는 하루에 한 끼도 안 드셔도 배가 고프지 않은 특이 체질입니다. 며칠을 굶어도 생존에는 아무 문제가 없으십니다.

몸이 그리 건강한 편이 아니어서 자주 병원에 다니는데 한 번은 의사가 나를 불러 말하기를

"이 분은 안 먹어도 배가 고프지 않은 체질입니다."

나의 난감해하는 표정에 의사는 신이 나서 자신의 말을 이어 갔습니다.

"부인은 매우 심각한 고혈압 환자입니다. 현재의 혈압약으로도 통제가 안 됩니다. 그러니 환자가 혈압이 오르지 않게 매사 신경 쓰시며 행동하는 수밖에 없습니다."

한 마디로 평생 아내의 몸종으로, 머슴으로 살아야 한다는 통지문이었습니다.

장가들기 전 어머니는 온 가족을 어떠한 일이 있더라도 하루에 세 끼는 먹어야 하는 삼식이로 만들어 놓으셨습니다.

둘만이 있을 때에는 그럭저럭 넘어갈 수 있었는데 아이들이 셋이나 되니 어머니 생각이 났습니다.

아내는 어쩔 수 없다고 치더라도 내 핏줄을 가지고 태어난 아이들에게 부모님이 나에게 해 주었던 '삼식이'의 특권의식 만큼은 심어주고 싶었습니다.

두 아이가 초등학교에 입학하게 되었을 때 아내는 심각한 표정으로 자신의 고민을 알려주었습니다.

"학교에 들어가면 아침은 꼭 해 주어야 하는데 걱정이야."

난 단순명료하게 이야기했습니다.

"고민하지 마세요. 어차피 당신은 아침을 안 해줄 테니 그냥 마음이라도 편하게 사세요."

아내는 내 말에 조금은 안도감을 얻었는지 긴장감이 사라진 모습을 보입니다.

"역시 난 못하겠지. 그래도 하긴 해야 하는데…."

"당신처럼 훌륭한 여자와 모자 관계를 맺게 된 것이 아이들 전생의 업보이니 개의치 마세요. 이런 상황에서 항상 초연한 모습을 보였던 당신이 오늘따라 이리 심약한 모습을 보이시다니요. 당신은 계모처럼 무관심으로 일관하시는 것이 저에게도 편하고 아이들 정신건강에도 도움이 됩니다."

아내는 휴일 오전에는 '공주 놀이'에 심취하십니다. 미인은 잠꾸러기라고 우기며 그 세계에서 조금도 벗어날 뜻이 없습니다.

교회도 안 나가면서 휴일은 푹 쉬어야 하느님이 불쾌하게 생각하지 않는다고 열변을 토합니다.

아내의 궤변에 '공주는 그렇다고 치더라도 하느님을 지칭하는 것은 절대 안 된다.'라고 이의를 제기하고 싶지만, 이 집에서 절대 권력자인 아내의 심기를 거슬리게 할 용기는 없습니다. (진실을 이야기했을 때 겪을 고초는 상상을 초월할 만큼 힘에 부칩니다. 그저 조용히 침묵하며 순응하는 것이 지혜로운 삶이기 때문입니다.)

휴일이 되면 나는 아이들에게 아침에 라면을 끓여 주었습니다. 아이 셋이 맛있게 먹는 그 모습이 안쓰러웠습니다.

아이들에게 묻습니다.

"너희들 혈액형이 무엇인지 아는 사람?"

얼이가 자신있게 답합니다.

"A형이요."

난 절망스런 표정으로 말했습니다.

"무식한 놈."

얼이는 자신이 말한 것이 맞다고 이야기합니다.

"학교에서 혈액형 검사를 하였더니 저는 A형이라고 나왔습니다. 아빠가 잘못 알고 계신 겁니다."

나는 깊은 한숨을 쉬면서 일장 연설을 늘어놓았습니다.

"우리는 모두 혈액형이 '라면 형'이란다. 이렇게 매끼 라면을 먹어대는데 채혈을 하면 라면국물 밖에 검출되는 게 있겠냐?"

아이들은 비로소 자신들의 처지를 인지하였는지 고개를 끄덕입니다.

얼이가 중학교 2학년 때의 일이었습니다.

친구 집에서 외박을 하고 오후에 귀가한 얼이가 진지한 표정으로 나를 찾았습니다.

"아빠, 친구 집에서요. 잠을 자고 일어났는데 친구 어머니가 밥을 차려 주셨어요.”

난 너무나도 당연한 일이기에 얼이가 무슨 말을 하려 하는지 도저히 감이 오지 않았습니다.

“그래서?”

“아니, 아빠! 난 여태까지 하루에 두 끼만 먹는 것으로 알았는데 친구 집에서는 아침, 점심, 저녁 이렇게 세 끼를 먹는다는 거예요.”

얼이의 진지한 표정에 나는 아무 말도 할 수 없었습니다.

놈은 아주 놀라운 비밀을 자신만 알고 있다는 뿌듯한 표정으로 말을 이어 나갔습니다.

“아빠 친구 어머니한테서 이야기를 들으니 다른 사람들도 대부분 아침을 먹는다고 하시는 거예요.”

애써 담담한 표정으로 얼이에게 말했습니다.

“하루에 세 끼를 먹는 것이 평범한 가정의 보통 식사란다.”

“아빠. 우리는 휴일 날 라면을 먹잖아요. 저는 다른 집도 휴일 날은 우리같이 라면을 먹는 줄 알았어요. 그런데 친구 어머니는 우리 집 이야기를 하니 깜짝 놀라시는 표정으로 부득이 한 경우가 아니면 라면은 먹지 말라고 했어요. 몸에 그리 좋은 음식이 아니라고요.”

얼이는 자신의 처지를 한탄하기는커녕 하루 세 끼의 식사를 하는 주변이 너무나도 신기하기만 했습니다.

"야. 난 네 이야기를 들으면 아빠로서 슬퍼져야 하는데 왜 이렇게 웃음이 터져 나오냐?"

"예?"

"네 이야기는 정말 슬픈 이야기거든. 몇십 년 전 못 먹던 시절에나 유통되던 이야기를 다른 사람도 아닌 내 혈육에게서 듣게 되었는데 슬프기는커녕 왜 이리도 웃음이 나오는지…."

때로는 황 씨 성을 가진 내 아이들과 아내 모르게 종친회 겸 단합대회를 엽니다.

얼이 이야기를 듣고 아내에게 '하루 세 끼의 식사'를 요구하여야겠다고 생각이 들었습니다.

그래도 아내는 아이들 셋을 사랑하기에 아이들을 전면에 내세워 하루에 '세 끼 식사'를 관철시켜야겠다고 생각이 들었습니다.

마침내 결심이 굳혀지자 아이들에게 종친회에 참석하라고 통보를 했습니다.

주제는 '하루 세 끼' 건이었습니다. 가족으로서 '주부'인 아내에게 요구할 수 있는 기본적인 권리라고 생각했기 때문입니다.

나는 피를 토하면서 말했습니다.

"이제는 너희들도 학교에 다니니 엄마한테 당당하게 '아침을 주세요.'라고 말을 해야 한다. 학생인 너희들은 학교에서 열심히 공부만 하면 되듯이 주부인 너희들 엄마는 너희들의 건강을 위하여 아침밥을 해 주는 것이 당연한 거다. 아빠같이 착한 너희들이었기에 여태까지 조용히 넘어갔지 다른 집 같으면 벌써 난리가 났을 것이다.”

아이들 셋은 내가 사 온 과자와 음료수만 맛있게 먹을 뿐 ‘역성혁명’의 당위성에 관해서는 조금도 관심이 없었습니다.

얼이가 친구 집에서 겪은 충격을 이야기해 주니 다른 아이들도 깜짝 놀라기는 하였지만, 아내에게 항명하였을 때 겪을 불이익이 떠올랐는지 입을 꾹 다물었습니다.

샘이가 간략하게 말했습니다.

“아빠! 그러다가 엄마한테 혼나요. 그저 팔자려니 하고 사세요.”

심지어 막내인 이듭이는 아내가 나타나자 쪼르르 달려가 내가 한 이야기를 고자질하기까지 했습니다.

“엄마! 아빠가 우리들한테 엄마 오면 ‘아침 달라’고 말하라고 시킨다.”

이런 오합지졸들을 데리고 가장 노릇을 해야 하는 제 운명이 너무 가련했습니다.

부모가 사랑하기에 아이들을 삼식이로 만드는 것입니다.

총각 시절 누나 집을 지날 때 식사 시간임에도 밥을 안 먹고 제과점에서 빵을 먹는 조카아이들을 자주 보았습니다.

당시 누나에게 화를 좀 냈었지요.

“누나야. 제발 아이들 건사 좀 해라. 아이들에게 밥을 해서 먹여야지 돈 몇 푼 쥐여 주고 빵이나 사 먹으라고 밖으로 내모니 그게 좋은 모습은 아니잖아. 누나는 엄마로서의 기본이 안 됐어."

나의 핀잔을 듣던 누나는 그때마다 이야기하셨습니다.

"그래 넌 어떤 여자 만나서 얼마나 잘 사는지 보자."

진짜 남의 흉을 보아서는 안 되는 것 같습니다.

내가 아이들 식사에 관한 한 최악의 여자는 누나라고 생각했는데 내 아내는 그보다 수십 배 더하면 더했지 덜하지 않았기 때문입니다.

간단한 예로 음식에 관한 한 아내는 '영원한 새색시'입니다. 음식을 제대로 만들어 본 적이 없습니다.

한 번은 아내가 김치를 담그겠다고 하기에 난 적극적으로 만류했습니다.

"부인, 무슨 기분 나쁜 일이 있었습니까?"

아내는 의외로 쾌활한 미소를 지으며 말했습니다.

"아니."

"그럼 혹시 제가 잘못한 것이라도 있습니까?"

"아니."

"그런데 갑자기 김치는 왜 담그시려는 겁니까?"

"음 내가 생각해 보았는데 이번엔 정말 맛있게 담글 수 있을 것 같아서."

나는 반사적으로 이렇게 내뱉었습니다.

"음식에 관한 한 생각하지 말라고 했죠. 절대 하지 말아요. 장모님이 오셔서 거드는 것도 아니고 당신 혼자 김치를 담근다니요. 나중에 그것을 버리는 것이 얼마나 큰 죄악인지나 아세요."

"아니 아까운 걸 버리긴 왜 버려?"

"당신이 만든 음식 50% 이상은 쓰레기로 처리했잖아요. 제발 쓸데없는 생각 말고 맛있게 잘하는 집에서 김치를 얻어오거나 사서 먹는 것으로 편하게 삽시다."

하지만 아내의 고집을 꺾을 수 없었고 결국 배추를 사다가 김치를 담그고야 말았습니다.

하루 종일 난리 끝에 항아리에 양념을 버무린 김치를 정성스레 포개어 집어넣습니다. 일단 모양은 김장김치였기에 내심 맛은 어떨까 하는 궁금증이 발동했습니다.

여태까지 음식을 만든 태도와는 사뭇 다른 진지함과 열정적인 모습을 아내에게서 보았기 때문이었습니다. 그리고 명색이 주부로서 10년차가 넘었으니 주변에서 주워들은 이야기도 있을 것이고, 장모님 김치가 맛이 있으니 '어머니 손맛'을 닮아 혹시하는 기대감마저 들었습니다. 일단은 김장김치 모양은 갖추고 있었기에 아내 곁으로 슬쩍 다가가 볼 생각도 들었지만 내가 한 이야기가 있기에 먼 발치에서 구경만 했습니다.

다음날 아내가 김치 항아리를 열더니 비명을 질렀습니다.

"준호씨, 이리 와 봐."

다급한 목소리에 놀라 허겁지겁 아내에게 다가갔습니다.

"이게 왜 이렇지?"

항아리 안을 들여다보니 어제 담근 김장 김치 통 안이 온통 물기로 가득했습니다.

"당신 어제 물김치 만들었냐?"

"아니, 김장김치."

"그런데 왜 이렇게 물이 흥건하냐?"

"몰라."

아내는 난감한 표정을 짓더니 곧 지인들에게 전화했습니다.

통화하는 여인들은 아내가 농담하는 것으로 생각했습니다.

결국 친한 이웃집 부인이 와서 아내가 담근 김장김치를 확인했습니다.

단숨에 그 원인을 찾아내었습니다.

"배추 소금에 절이고 물 안 뺐지."

"물을 빼다니…."

"배추를 소금에 하루 절이고 그것을 한 시간 정도 수분이 빠지도록 해 놓고 김치를 담가야지."

"난 소금에 절인 후 그냥 양념 속과 버무렸는데… 아삭아삭한 맛이 제대로 나라고…."

"에라이…. 이건 버려야 해. 아깝지만 버려야 해. 이건 도저히 먹을 수가 없어."

이틀이나 죽어라 고생한 아내가 안쓰러웠습니다.

그렇게 음식을 만들 때 '당신 생각'으로 만들지 말고 음식을 잘하는 이들의 손맛을 빌리자고 해도 아내는 자기 생각만으로 모든 음식을 만들었습니다.

내 입맛이 특출나게 까다로운 면도 있지만, 아내의 손은 한 마디로 '신의 손'입니다.

음식은 가족에게 맛있는 것을 해 주고 싶은 열정 즉 '애정'에서 비롯되어야 하는데 아내는 가족에 대한 '애증'이 얼마나 깊은지 어떤 방식으로 요리해야 가족들이 자신이 만든 음식을 거부하는지를 연구하는 것 같았습니다.

아무리 신선하고 훌륭한 식재료도 아내가 손을 대면 본맛을 잃어버립니다.

손이 얼마나 큰지 집에 둘만 있는 날에도 최소한 5인분 이상의 밥을 합니다. 한 번 밥을 하고 그 밥을 다 비울 때까지 편안한 시간을 갖자는 생각인 것 같습니다. 찌개를 끓여도 최소한 5인분 이상입니다.

이러니 아내 앞에 서면 짜증이 안 날 수 없습니다. 자신의 식사량은 유치원 아이처럼 소량이건만 왜 그런 습관이 들었는지 모르겠습니다.

어느 늦은 저녁, 싱크대에 있던 아내가 찌개를 끓였습니다.

아내는 당신이 만든 음식의 맛과 간을 절대 안 봅니다. 자기 나름대로 자부심이 크기 때문인데요.

이런 자부심을 부추기는 요인 중 하나는 세 아이들이 때때로 아내가 만들어 준 음식에 대하여 '엄지 척'을 하기 때문일지도 모릅니다.

그런데 그날따라 수저로 간을 보더니 나를 부르십니다.

"이것 좀 먹어봐."

"그냥 주세요."

하지만 그날따라 아내가 너무나도 밝은 미소로 재촉하기에 속으로 '오늘은 제법 맛이 좋은가 보지.' 하는 기대감으로 주방으로 갔습니다.

아내가 건네는 수저를 입에 넣은 순간 나도 모르게 '윽~' 하는 소리가 절로 나왔습니다. 잔뜩 찌푸린 내 얼굴을 보면서 아내는 천진난만한 미소를 지으며 말했습니다.

"놀랐지?"

"정말 미러클하다."

아내의 눈은 샛별처럼 반짝이었습니다.

"나도 놀랐어. 어떻게 이렇게 맛이 없는지…. 넣는다는 것은 다 넣었는데…."

"저런 음식을 꼭 나한테 먹이는 이유는 뭘까?"

"혹시 내 입이 잘못되었나 싶어서…."

"당신의 손은 신의 손. 모든 음식이 당신의 손길이 스치기만 하여도 이런 오묘한 맛을 창조해내니 말이야."

조금은 멋쩍어하는 아내에게 다시 말을 이어 나갔습니다.

"당신 딸도 이런 신묘한 맛을 창조할 수는 없을 거야. 인간이라면 이런 황당한 맛을 낼 수는 없지 않겠어? 당신을 만났기에 어떤 의미에서는 나도 축복받은 인간이라고. 다른 곳에서 어떠한 음식을 접한다 한들 이토록 암담한 맛을 만날 수 없거든. 그런 의미에서 당신은 엄청 고마우신 분이야."

아내는 내 말에 전혀 주눅 들지 않을 뿐더러 오히려 당당한 모습으로 맞섰습니다.

"그건 당신 말이 맞아. 다른 사람들이 요리를 하면 다 맛있는데 왜 내가 하면 맛이 없지?"

나한테 그토록 많은 핀잔과 면박을 받았다면 치사해서라도 싱크대에 서지는 않을 것입니다. 그런데도 개성 강한 아내는 오늘도 맛있는 음식을 만들어 남편에게 먹이겠다는 집념을 드러냅니다.

놀라운 사실은 아내의 '완벽한 실수'로 간간이 내 입에 맞는 음식이 만들어지기도 한다는 것입니다. 그 음식을 맛있게 먹는 나의 표정을 사랑스런 모습으로 지켜보지요.

아내의 진정한 행복은 식탁에 앉은 못난 서방이 맛있는 모습으로 식사를 하는 것인가 봅니다.

육아일기

병약한 아내가 임신을 했습니다.

산부인과 의사선생님이 뱃속에 쌍둥이가 자라고 있다고 말했답니다. 수저를 들고 밥을 먹는 것만으로도 대견해 하시는 장모님인지라 아내가 임신하였다는 것만으로도 걱정이 태산이었습니다.

해산달이 가까워지자 아내는 '임신중독'으로 자연분만은 할 수 없었고 제왕절개를 해야 했습니다. 아내는 고혈압이어서 조금만 혈압이 올라도 200이었습니다. 혈압이 오르면 분만실에 들어갈 수도 없다는 말에 아내는 온갖 스트레스를 받아 해산달이 가까워질수록 몸 상태가 나빠졌습니다.

이런 상태에서도 다행히 아이 둘을 한 번에 출산했습니다.

아들 하나, 딸 하나.

가뜩이나 몸이 안 좋은 아내인지라 쌍둥이 둘을 돌보고 집안일을 한다는 것은 불가능했습니다.

아내에게 말했습니다.

"방안에서 아이들만 챙기세요. 그 밖의 집안일은 전부 내가 할

게요."

퇴근하면 우선 아내 식사부터 챙깁니다.

방문을 열면 귀엽고 사랑스러운 아이들이 누워 있습니다. 하루 종일 두 아이에게 시달려 피곤함에 절은 아내는 아이들보다 더 지친 모습으로 누워 있곤 했습니다.

아이가 둘이어서 면 기저귀를 200개나 마련했는데 하루에 빨아야 할 기저귀가 하루 70~80개 정도가 나왔습니다. 아이들 몸 컨디션이 안 좋은 날이면 세탁할 기저귀가 100개 넘는 일도 다반사입니다.

하루라도 세탁을 하지 않으면 안 되었기에 틈만 나면 기저귀를 빨아야만 했습니다. 비가 오거나 날씨가 흐린 날에는 잘 마르지도 않습니다. 일과가 끝나면 아이들 기저귀를 빨기 위해 총알같이 귀가 했습니다.

부득이 술을 마시고 늦은 시간에 집에 와도 기저귀만큼은 빨아서 건조대에 걸어놔야 맘 편하게 잠을 잘 수 있었습니다.

한 번은 조금 늦게 집에 도착했는데 나의 모습이 안타까웠는지 아내가 세탁기를 돌리고 있었습니다.

나는 깜짝 놀라며 아내를 타박했습니다.

"아니. 어떻게 기저귀를 세탁기에 돌리냐?"

어머니가 말씀하셨습니다.

"아이들 기저귀는 반드시 비누로 손빨래를 하여야 한다. 만약 기저귀를 세탁기에 돌리면 세제 때문에 아이들 사타구니가 짓무른단다."

난 그 이야기를 듣고 난 후 아내에게는 절대로 기저귀를 빨지 말라고 했습니다. 조금만 신경 쓰면 내 소중한 분신들이 건강한 모습으로 성장할 수 있지만 문제는 병약한 아내가 기저귀를 손으로 빨면 손목 인대에 손상이 갈 것이 명약관화하였기 때문이었습니다.

한 번은 부득이한 일이 있어 새벽 2시에 귀가를 했습니다. 장마철이었지요. 회사에서 하루 종일 세탁할 아이들 기저귀가 마음에 걸렸습니다.

다급한 마음으로 방문을 여니 두 아이에게 시달린 아내는 인사불성이었습니다. 내가 예상한 대로 빨래통에는 아이들 기저귀가 산더미같이 쌓여 있었습니다. 난 바지를 벗고 팬티 바람으로 편하게 앉아 기저귀를 빨기 시작했습니다. 많이 부족하지만 내가 있어 그나마 아기 천사들이 편안하게 잠을 잘 수 있다는 보람이 있었습니다.

못난 남편을 믿고 두 아이의 엄마가 되어준 철부지 아내가 두 팔에 아이들을 팔베개 해 준 모습이 너무나 사랑스러웠습니다.

건조되어 마르면 뽀송뽀송해질 기저귀를 찰 아이들을 생각하니 나도 모르게 흥겨운 콧노래가 나왔습니다. 빨래를 다 하고 건조대에 기저귀를 너니 새벽 4시가 넘었습니다.

얼이가 우니 아내가 눈도 안 뜨고 젖병을 물립니다. 젖병 안에는 한 톨의 분유도 없었기에 얼이는 더욱 거칠게 울어댑니다.

그래도 아내는 무의식적으로 빈 젖병을 물립니다. 난 젖병을 빼앗으며 아내를 깨웠습니다.

"아니 아무리 말 못 하는 아이라도 그렇지 이렇게 사기를 치면 어쩌자는 거예요?"

졸린 눈을 비비며 말했습니다.

"언제 왔어?"

"아니, 아이는 배가 고프다고 우는데 빈 젖병을 물리는 모친이 어디 있나?"

부스스한 눈으로 내 손의 젖병을 낚아챕니다. 아내는 젖병을 흔들어보더니 이제야 빈 젖병임을 깨닫습니다. 얼른 미지근한 물을 젖병에 채우더니 분유를 넣고 젖병을 가볍게 흔든 후 얼이의 입에 물립니다. 그토록 보채던 아이는 금방 천사의 모습으로 새근새근 잠이 듭니다.

"벌써 다 먹었네. 애들이 크니까 먹성이 장난이 아니야. 둘이 함께 먹으니 다른 집 애들보다 더 먹는 것 같아. 하루에 분유 한 통은 먹으니…"

눈을 감은 채 분유통에 달린 젖꼭지를 빠는 입술의 힘이 장난이 아니었습니다. 한 번 빨 때마다 젖병 눈금이 확연하게 줄어들었습니다.

"이제는 한 번 먹을 때 이거 한 병으로도 모자라요."

"잘 먹고 별 탈 없이 커 주는 것도 복이지."

아내의 몸 상태가 워낙 부실하여 제 몸 하나 건사하기도 힘이 버거운데 한꺼번에 애 둘을 키운다는 것은 상상할 수도 없는 일이었지만 막상 이런 상황에 부닥치니 제대로 먹지도, 잠을 자지도 못하면서도 엄마 역할을 그럭저럭 해 나갑니다.

애들이 번갈아 울어대면 짜증내는 내 눈치를 보며 아이를 안고 밖으로 나갑니다.

때로 아내가 언성을 높일 때가 있습니다. 철부지 어린아이처럼 굵은 눈물방울을 뚝뚝 흘리기도 합니다. 자포자기한 모습으로 아이들보다 더 서러운 표정을 짓기도 합니다.

그럴 때 난 이렇게 말합니다.

"당신이 모친이고 당신이 낳았어요. 그것도 한꺼번에 둘씩이나…. 그러면 책임을 져야 하는 게 당연한 것 아니겠어요?"

남편이 워낙 동문서답형 인간인지라 아내는 체념 섞인 침묵으로 일관합니다. 애 둘이 그리 보채건만 아이들에게는 짜증 한번 내지 않습니다. 식사할 때 수저 드는 것도 힘에 부쳐 "난 우주인 체질인가 봐. 식사를 튜브로 짜서 먹으면 얼마나 좋을까?"라고 진지하게 말하는 아내인데 대화가 전혀 안 통하는 '귀여운 두 악마'에게 숨 쉴 틈도 없이 시달리고 있으니 측은하고 안쓰럽기조차 했습니다. 보채는 아이의 멱살을 잡아 흔듭니다.

"네가 감히 내 각시를 피곤하게 만들어, 내 각시를 울게 만드냐고? 너란 놈은 맞아야 해."

아내는 기겁을 하면서 내 팔을 낚아챕니다.

"정말 미쳤어. 애들에게 탈이 나면 어쩌려고 그래, 애기들이 무얼 안다고 이렇게 난폭하게 다뤄."

난 기겁하고 자지러지게 우는 아이의 뺨을 살짝 때립니다.

"네가 내 부인 못살게 구는 못된 아이구나. 내 각시의 복수다. 에이 찰싹 찰싹."

아이는 더욱 큰소리로 울어댑니다. 조금 전보다는 조금 더 세게 아이 뺨을 때립니다.

"아빠가 좋은 말로 대화를 하자고 하는데 예의 없이 대화를 거부해. 너같이 못된 아이는 더 맞아야 한다. 에이 찰싹 찰싹."

아내는 내 동작에 놀라 내 등짝을 후려갈깁니다. 그리고 재빨리 내 손에 있는 아이를 낚아챕니다.

"미쳤어, 정말."

포근한 엄마 품에 안긴 아이는 비로소 안정을 되찾습니다. 다독이는 엄마의 따사한 손길에 그토록 심하게 울던 울음소리가 잦아듭니다.

"아이 아파."

난 뒷걸음치며 말을 이어 나갑니다.

"여태까지 당신 편을 들어주었건만 고마워하지는 못할망정 이렇게 구타를 서슴없이 자행하시는 것은 진짜 아닌 것 같아."

우는 아이를 달래면서 나를 할큅니다.

"이렇게 울려 놓으면 결국 나만 고생이지 뭐."

"걔들은 지금 구박을 당해도 나중이면 몰라. 그렇다고 금이야 옥이야 키워봤자 나중에는 지들이 스스로 컸다고 이야기할 거 야."

나는 손으로 나를 가리키면 말했습니다.

"여기 그 생생한 증거가 있잖아. 좌우지간 난 내 각시 힘들게 하는 애들은 싫어. 나 없을 때 당신 힘들게 하는 아이 이름 적어 놔. 당신 없을 때 복수 해줄게. 그래도 서방밖에 없지. 서방이 있 으니까 당신 편들지 서방 없어 봐. 완전 개고생 진흙밭 수렁이 지."

난 아내에게 새끼손가락을 내밀었습니다.

"자 약속."

아내도 마지못해 내 새끼손가락에 자기 손가락을 걸었습니다.

"거친 비바람을 맞으면서 커야 좋은 나무가 되듯이, 사자가 자 기 새끼를 낭떠러지에 떨어뜨려 살아난 자식들만 건사하듯이, 아 이들은 하루라도 먼저 구박과 학대 속에 커야 훌륭한 사람이 되 거든. 그 실례로 한국에서는 콩쥐와 심청이가 대표적인 인물이고 외국에는 신데렐라가 좋은 표본이지."

아내는 서방님이 하는 말씀에 동조하지 않고 절망감에 절은 난감한 표정을 짓습니다.

　손가락을 걸었던 손으로 아내의 손을 힘껏 꽉 움켜잡습니다.

　"내 말이 틀려? 맞아?"

　"아… 아… 맞아… 맞아."

　"봐, 어른도 때로는 적당한 폭력을 당해봐야 진실을 이야기하지."

　나는 헛기침을 하며 다시금 진지한 표정으로 말을 이어 나갔습니다.

　"만약 콩쥐나 심청이 그리고 신데렐라가 친모 밑에서 양육되었다면 과연 위인전에 그 이름이 올랐을까? 친모 밑에서 당신 같은 마인드를 가진 사람이 양육을 하였다면 그 자식들은 그저 평범한 인물들이 되었을 거야. 당신은 딸이 콩쥐가 되는 게 좋아? 아니면 팥쥐가 되는 게 좋아?"

　아내는 어이가 없다는 듯이 빈정거렸습니다.

　"그게 동화지 위인전이야?"

　난 아내의 대응에 깜짝 놀라지 않을 수 없었습니다.

　"칭기즈칸이 동화냐?"

　"위인전이지."

　"사람이 등장하는 책은 위인전. 동물이 나오는 책은 동화. 이 바보야."

　난 아내의 손을 다시금 힘껏 잡았습니다.

"내 말이 맞습니까? 틀립니까?"

아내는 얼른 손을 잡아 뺍니다.

"그래요. 당신 말이 맞아요."

"아이들이 훌륭한 사람으로 성장하려면 구박을 받아봐야 해. 그래야 세상이 얼마나 험난한 곳인지를 깨달을 것이고. 빨리 세상을 인지해야 현실에 적응하고 그래야 훌륭한 사람도 되고 위인전에도 실릴 수 있는 사람으로 만들어지지. 이런 것을 조기교육이라 말하는 거야. 당신은 진짜 똑똑한 신랑 만났는지 아세요. 당신 주변에는 나처럼 세상 이치에 해박한 사람은 구경할 수도 없잖아. 어쨌든 나 같은 봉 잡은 것 축하해."

이러면서 밖으로 나가는 내 등이 갑자기 싸아한~ 한기를 느끼는 것은 어떤 까닭인지요.

빨래

결혼 후 아내는 한 번도 빨래라는 걸 해본 적이 없습니다.

학교 가는 아이들 교복에 땟국물이 흘러도 '해야지!'라고 립서비스만 할 뿐 꼼짝도 안 합니다.

내가 갈아입을 속옷과 양말이 없어도 쿨합니다.

"왜 갈아입을 옷이 없지?"

이럴 때 성격 급한 나는 직접 빨래를 합니다.

아이들이 아침에 말합니다.

"아빠, 이 옷 안 빨았어요."

자신들이 갈아입을 옷이 빨래통에 있자 큰 소리로 난감한 표정을 지어 나를 민망하게 만듭니다.

"급하면 어제 이야기하지."

"아빠가 늦게 들어오셨잖아요."

"미안하다. 앞으로는 꼭 입고 나갈 것은 나한테 말을 해 주렴."

이런 순간 아내의 위치는 항상 사각지대입니다. 불구경하는 이웃집 아줌마의 모습으로요.

딸이 고3이 되었습니다.

세탁기를 돌리려고 빨래통을 뒤적이니 딸의 속옷이 보였습니다. 아내의 속옷이야 괜찮다 치더라도 성숙한 딸애의 속옷 빨래는 아무래도 주저주저하게 됩니다.

일단 빨래를 마치고 아내에게 갔습니다.

"내가 아무리 여자분들 기쁨조로 생활하지만 딸 아이 속옷을 빠는 것은 아닌 것 같다는 생각이야. 당신께서 따님한테 그런 것은 얼마 되지도 않으니 본인이 직접 빨래를 하는 게 좋을 것 같다고 얘기 좀 전해줘."

아내는 묘한 미소를 짓습니다.

"직접 말씀하세요."

딸한테 이야기했다가 자칫 자신에게 불똥이 튈 수 있기에 처음부터 개입하지 않는 것이 현명하다고 판단한 탓일 것입니다.

"그래도 이런 이야기는 같은 여자인 당신이 이야기하는 게 편할 것 같은데."

"샘이가 언제 내 말을 듣습디까?"

아내는 정말 지혜로운 분이십니다.

용기를 내어 따님에게 갔습니다.

"우리 딸, 건의 사항이 있어서 왔다."

컴퓨터에 몰입하고 있던 아이에게 조심스레 말을 붙입니다.

"바쁜데 미안. 제가 그래도 우리 따님 부친 되시는 분이거든요. 부친이 말을 하면 그래도 눈인사 정도는 하는 것이 예의 같은데요."

손을 자판에 고정한 체 얼굴만 살짝 돌리면서 한다는 말이 얼음처럼 차갑습니다.

"됐죠? 나 바빠요. 하실 말씀 있으면 빨리하세요."

"얼굴 마주쳐 줘서 너무 고맙다."

"아 하하하… 지금 저 비웃는 거죠?"

"어서 용건만 말씀하세요."

나는 시니컬한 말투를 이어 나갔습니다.

"제가요. 모친한테 건의 사항을 말씀하였는데요. 모친께서 저보고 직접 따님한테 말씀하라 하기에 왔을 뿐입니다. 혹시 제 말에 심기가 거슬리신다면 안 들은 것으로 하셔도 됩니다."

사설이 길어지자 아이 목소리가 거칠어집니다.

"말 안 할 거면 빨리 나가요. 신경 쓰인단 말이에요."

"저, 따님도 이제는 많이 성장했다고 생각됩니다. 따님 특유의 프라이버시도 있고 해서 따님을 존중하는 차원에서 드리는 건의 사항입니다."

"빨리 이야기하라니까요."

"예. 앞으로 자기 속옷은 스스로 세탁하시는 게 어떤가 합니다."

컴퓨터를 할 때에는 식사마저 거부하는 딸애가 손동작을 멈춘채 나를 향하여 싸늘한 눈빛을 건넵니다.

"제 빨래하는 거 싫어요?"

나는 손사래에다 몸사래까지 쳤습니다.

"아니, 세탁기로 빨래를 하니 공주님 속옷이 깨끗하게 빨아지는 것 같지 않아. 앞으로 공주님 속옷을 어떻게 하면 지금보다 청결하고 깨끗하게 세탁할 수 있는지 진지하게 논의하자는 말이야. 그러니 절대로 내 의도를 잘못 받아들여 나를 나쁜 사람으로 만들면 안 돼."

아이는 다시 컴퓨터에 눈길을 돌립니다. 조금 전에 느꼈던 온기는 사라지고 차가운 기류가 흐릅니다.

"됐어요. 앞으로 제 옷 빨지 마세요."

"아니요. 그렇게 차가운 목소리로 곡해하시면 난 평생을 따님 앞에서 불안감과 공포 속에 살아야 하니 제발 노여움만큼은 푸십시오."

"됐다고요."

딸의 팔을 잡고 통사정을 했습니다.

"제가요. 지금도 따님의 속옷을 세탁하여 건조대까지 널어놓고 왔습니다. 얼마나 행복했는지 아십니까? 이 나이에 낙이 무엇이 있겠습니까? 과년한 따님 속옷 세탁하는 것 이외에 제가 무슨 행복이 있겠습니까? 저 보세요. 저 좀 봐 달라고요. 얼마나 행복한 얼굴을 하고 있는지 봐 달라고요."

따님은 나의 통사정에 마음이 풀렸는지 호탕하게 웃는다.

"와 하하하 … 앞으로 이런 일로 바쁜 사람 시간 빼앗지 말아요."

"미안하다. 앞으로는 절대로 이런 일은 없으마. 아무리 열 받고 심기가 불편해도 내가 스트레스로 쓰러져 사망하는 순간이 오더라도 꾹 참고 따님의 쾌적한 안위를 만드는 데 내 남은 일생을 바칠게."

딸애 방문을 나서며 나도 모르게 가슴에 숨겨두었던 탄식이 새어 나옵니다.

"네 엄마 건사하기도 힘든데…."

은행주

종합병원인 아내가 자신의 건강을 되찾고자 산에 다니기 시작했습니다. '약초 동우회'에 가입해 자신에게 도움이 되는 약초를 직접 캐기 위함이었습니다.

캐온 약초를 그냥 먹는 것보다 식초를 만들어 먹으면 몸에 좋다는 것을 알게 된 이후 본격적으로 제조 작업에 돌입했습니다. 본업인 요리에는 약하지만 식초를 만드는 재능은 타의 추종을 불허합니다.

난 술을 좋아하지 않습니다. 기분이 좋아도 소주 한 병이 끝입니다. 더 이상 마시지 않습니다.

반대로 아내는 '음주가무'를 사랑합니다. 아내의 소원은 저녁을 먹고 난 후 남편과 술잔을 기울이는 것입니다. 하지만 나는 차를 마시는 게 가장 품격있는 삶이라고 생각합니다.

어느 날 아내는 자기가 빚은 술이라며 내밀었습니다. 나는 아내가 만들었다고 하자 순간 불안해졌습니다.

하지만 계속되는 채근에 마지못해 말했습니다.

"당신이 먼저 한 잔 마셔보세요."

아내의 눈빛이 싸늘해졌습니다.

난 떨리는 손으로 술잔을 받았습니다.

"이거 닭장의 닭들한테 먼저 먹이고 나서 먹으면 안 될까?"

얼마 전 우리 집에 온 매형이 산에 열린 독초를 보면서 말했습니다.

"처남, 이게 뭔지 알아?"

"뭔데요."

"이게 '자리공'인가하는 건데. 예전에 사약 만들 때 넣었던 독초야."

나는 독초라는 말에 호기심이 일어 싱싱한 나뭇잎 몇 개를 따서 닭들에게 주어보았습니다. 만약 먹으려고 하면 닭을 못 먹게 할 요량으로 모이통 주변에서 어슬렁거렸습니다. 하지만 신기하게도 닭들은 그 풀만큼은 먹지 않았습니다. 미욱한 닭이라도 본능적으로 그것을 먹으면 탈이 나는지 안 나는지를 아는 것 같았습니다.

난 그것을 아내에게 갖다 주었습니다.

"매형이 이것이 수족냉증에는 특효란다. 생으로 먹어야 효험이 좋데."

아내는 아무 생각 없이 입에 넣으려 했습니다

난 기겁을 하며 아내의 손에 쥔 자리공 잎을 빼앗았습니다.

"당신은 닭대가리만도 못하냐?"

"왜?"

"이건 독초야 독초. 닭들이 먹나 안 먹나 갖다 주니까 다른 것은 다 먹어도 이건 안 먹더라. 그런데 너는 닭도 안 먹는 것을 먹으려 하냐? 어떻게 닭보다도 못하냐?"

"그래도 서방이 주는 건데….."

"부인한테 이것을 먹이고 싶은 마음은 굴뚝같은데 이것은 아무나 먹는 게 아니니 도저히 당신에게 줄 수가 없소. 매형 말을 빌리자면 옛날에 지체 높은 양반들이나 먹을 수 있었지 언감생심 당신 같은 분은 절대 먹을 수 없었던 거요. 최소한 사약을 받을 만한 지체 높은 분은 되어야 이것도 먹을 기회가 있는 겁니다. 그런데 당신이 이것을 먹으면 조상님들이 엄청 쇼크를 받을 것이요. 어쩌면 가문의 영광일 수도 있지만… 국기를 문란하게 하는 그런 행동은 나는 할 수 없소. 그러니 내가 못 먹게 한다고 그리 섭섭하게 생각하지는 말아주세요."

나는 자리공 잎을 먹이려 한 때가 얼마 안 되는지라 마음이 꺼림칙했습니다.

하지만 아내의 차가운 눈빛을 마주할 용기가 없기에 술잔을 받아 목에 넣었습니다. 목에 넘어가는 술맛이 예사롭지가 않았습니다.

"이게 뭔데?"

내 목소리가 맑으니 아내는 어깨에 힘이 들어가며 호기롭게 말했습니다.

"맛있지?"

"응 맛있어. 이게 뭔데."

"더덕주야. 이제 막 걸렀는데 시간이 지나면 더 맛있어."

식초라는 것은 잘 빚은 막걸리로 담아야 좋은 식초가 된다고 합니다. 아내는 좋은 식초를 담그기 위해 좋은 막걸리를 만들어야 한다고 설명합니다. 아내는 누룩으로 술을 빚은 후 그것을 발효하여 식초를 만들었습니다.

먹을 만한 술은 계절별로 다르지만 보통 한 달은 숙성시켜야 마실 수 있습니다. 그리고 냉장고에 보관하면 시간이 지날수록 술 특유의 알콜 맛이 사라지고 은은하고 감미로운 향기가 배가됩니다.

3년 정도 숙성되면 술만 봐도 취기를 느끼는 사람들이 마셔도 전혀 탈이 나지 않을 정도로 알코올 기운이 빠져나갑니다. 술 특유의 알콜 도수는 그대로지만 마시는 이의 목이나 몸에서는 알코올 끼를 느끼지 못합니다.

아내가 빚은 술로 인하여 비로소 술맛을 알게 된 나는 통사정을 하여 얻은 술을 들고 나갑니다. 밭에서 일을 하다가 피곤할 때 한 모금 마시면 피곤이 사라질 뿐 아니라 일을 하는 데에도 힘이 납니다. 그리고 눈에 띄는 동네 주변 어르신들에게도 그 술을 권합니다. 어르신들은 예전에 마셨던 그 맛이라 하시며 엄청 좋아하십니다.

한 번은 회사에 있는데 오전 11시쯤 동네 노인정에서 전화가 왔습니다.

"황 사장, 시간 되면 여기 노인정으로 삼겹살 먹으러 와."

"네. 알겠습니다."

난 집에 있는 아내에게 전화를 했습니다.

"여보. 노인정에서 삼겹살 먹으러 오라고 전화가 왔네. 가셔서 삼겹살 드시고 오세요."

"미쳤어. 내가 혼자 그 곳에 왜 가."

"바보야. 이 시간에 노인정에서 왜 오라고 전화하겠냐? 이 시간에는 출근한 줄 빤히 아는데 왜 나한테 삼겹살 먹으러 오라고 하겠냐고? 집에 술 있으면 몇 병 가지고 가서 드리고 와라. 삼겹살을 먹으려니 당신이 만든 술이 생각이 나고 그냥 술을 달라고 하기가 멋쩍어서 이런 전화 한 것 같은데. 그냥 갖다 드리고 오셔."

술을 좋아하지 않는 나도 밭에 나갈 때는 집사람이 만들어 놓은 술 한 병(소주 3병 분량)을 가지고 나갑니다. 집사람이 만든 술의 알코올 도수는 일반 소주의 알코올 도수와 같습니다.

보통 밭에 나가서 일을 하다가 집에 돌아올 때는 술병이 비어 있습니다. 그러다 보니 나도 모르게 술이 늘었습니다. 소주를 마시면 술이 물 같다는 생각마저 듭니다.

아내가 만든 식초는 입소문을 타고 심마니들이 술을 빚을 재료를 보내주었습니다. 산삼, 하수오, 자연산 더덕. 그 외 내가 알지 못하는 귀한 약초들….

아내 말로는 다른 사람이 만든 것보다 자신이 만든 식초가 효험이 있어 부탁들을 한다고 합니다.

어쨌든 아내 덕에 그 귀한 것들로 만든 술을 먹을 수 있었습니다. 아내가 한 번 술을 거르면 보통 20병 이상이 나옵니다. 술 재료를 제공한 이들에게 8병을 주고 나머지는 모두 우리 부부 차지가 됩니다.

집에는 어느새 식초와 전통주 담그는 항아리가 가득하고 그 탓인지 집안이 날파리 세상이 됐습니다.

새벽에 아내는 일어나 살며시 술독으로 향합니다.

뽀글뽀글하는 술 익는 소리에 아내는 행복한 미소를 짓습니다. 그 모습이 소녀처럼 해맑아 보기 좋습니다.

"그 소리가 그렇게 좋으냐?"

"잘 익은 술은 익는 소리가 맑고 깨끗해. 누룩으로 만드는 술은 재료도 좋아야 하지만 주변 온도, 습도 이런 것들에 의해서 좌우되거든. 그래서 술은 걸러봐야 잘 발효되었는지 아닌지를 알 수 있지만 이렇게 술 익는 소리만으로도 대충 결과를 예측할 수 있어요."

난 아내가 담근 술 중에 더덕주와 송화주를 최고로 치지만 역시 왕중왕은 옥수수주입니다. 옥수수주는 술을 거르는 즉시 마셔도 '맛있다'라는 탄성이 나옵니다.

내가 술이 제대로 익기도 전에 술을 들고 밖으로 도망가는 바람에 제대로 익은 술이 없기에 아내는 짜증을 내기도 하지요.

"술맛이 제일 좋을 때가 술을 거른 지 3년째이지만 최소한 1년은 술을 묵히게 손 좀 대지 마세요."

그러던 중 우연히 은행주를 마셔보았습니다. 은행 특유의 야리꾸리한 향이 아닌 잘 익은 열대 과일향이 진동했습니다.

그냥 나무에서 떨어지는 은행을 껍질도 까지 않은 상태에서 깨끗하게 세척하여 건조한 후 25도씨 소주로 담그면 끝나는 담금주입니다. 그 술은 최소 일 년은 지나야 은행 특유의 독성이 사라지고 약초주의 효능을 발휘한다고 합니다.

약초계에서는 거의 대부격으로 알려진 어떤 분이 그 술에 관하여 이르기를 당뇨와 고혈압, 온갖 심혈관 계통의 질환은 하루에 한 잔 마시면 완쾌할 거라 장담했습니다. 그런데 술맛까지 이리 좋으니 내가 술을 안 담글 수가 없었습니다.

아내가 술과 식초를 빚기 위하여 항아리 가게에 자주 가지만 만만찮은 가격이 구입을 주저하게 만듭니다.

이런 상황에서도 나는 은행주를 담그기 위해 아내 몰래 무려 100리터짜리 항아리를 샀습니다. 집 뒤에 아내 몰래 숨겨 두려던 것이 차에서 내리자마자 들켰습니다.

항아리 값이 예사롭지 않을 거라는 사실을 안 아내가 타박하려 하자 나는 기지를 발휘했습니다.

"앞으로 술은 이 독으로 빚으세요."

아내는 갈색 옹기 항아리를 보자 기분이 좋아졌습니다.

"그래도 비쌀 텐데…."

"당신이 원했잖아."

일단 이 순간을 넘기는 것이 급하여 대책 없는 이야기로 이 상황을 모면했습니다.

다음날 마트에서 5리터짜리 술 10개를 사 왔습니다.

술독에 3분의 1 정도의 은행을 깔아 놓고 술을 붓고 있으려니 뒤에서 익숙한 목소리가 들렸습니다.

"아니 인간아! 도대체 술값만 해도 이게 얼마야?"

너무 놀라 심장이 멎는 것 같았습니다. 하지만 여기서 밀리면 더욱 난처한 처지로 몰리는 것을 알기에 배에 힘을 주고 당당하게 말했습니다.

"아니 인간이라니! 당신이랑 나이 차이가 몇 살인데 그리 막말을 하십니까? 내가 당신 오빠보다도 한 살이 더 많고 당신이 기저귀 차고 젖병 빨 때 나는 학교에서 학업에 열중했던 사람입니다. 그런 분한테 인간이라니요? 당신은 삼강오륜도 모르십니까? 장유유서 말입니다."

내가 강하게 나가자 아내도 일단 주춤했습니다.

"아니 내 말은 저 항아리는 나를 위해 산 게 아니라 은행주를 담그려고 산 거잖아요."

"당신이 사용 안 하기에 내가 쓰려는 겁니다."

"내가 쓰지 않겠다고 언제 그랬어요? 지금도 담가야 할 술과 식초가 얼마나 많은데 장소도 비좁고 항아리도 얼마나 많이 모자라는데…."

나는 아내의 두 팔을 부여잡고 두 눈을 뚫어지라 바라보며 말했습니다.

"난 당신이 고생하는 게 너무 싫어. 당신은 나한테 힘들다고 말한 적은 없지만, 술이나 식초를 만들고 난 날 밤에는 얼마나 힘이 드는지 잠결에 헛소리까지 합디다. 아무리 내가 부족한 인간이지만 조강지처 힘에 부치는 것을 어떻게 나 몰라라 하겠어?"

입술에 침을 적시며 다시 말을 이었습니다.

"이것은 거짓말을 하고 있다는 징표가 아니라 당신을 생각하는 깊은 내 마음을 몰라주는 답답함에서 터져 나오는 갈증의 표시예요."

아내는 나의 궤변에 상대할 가치를 잊었는지 체념한 듯 대꾸했습니다.

"그리고 저 많은 술을 누가 먹는다고…."

"좋소. 이왕지사 말이 나온 김에 하지. 내가 저렇게 술을 담그는 이유는 당신에게서 독립하고자 함에서야. 내가 술 좀 달라고 하면 당신이 주기는 주지만 온갖 험담으로 내 자존심에 상처를 주고 모멸감을 선사하니 말이야. 그래서 술에 관한 한 당신으로부터 독립하여야겠다고 결심했지. 저 술이 익을 때 난 내가 만든 술만 마실 거야. 내가 잘못된 건가? 잘못됐다면 저 술을 갖다 버리겠어."

아내는 짜증을 내고 투덜거리며 집으로 발걸음을 옮겼습니다.

"정말 잘한다. 잘해."

그렇게 구박과 핍박 속에서 만들어진 은행주입니다.

은행주가 술독에 있은 지 2년이 지났을 때 아내의 술 선생님과 지인이 아내가 빚은 술을 품평하기 위하여 우리 집에 왔습니다.

아내는 품평을 듣기 위해 정성껏 빚은 술들을 식탁 위에 내놓았습니다.

술 선생님과 함께 술 감정사도 오셨습니다. 우리나라에 4명밖에 없다는 술 감정사라는 분은 자신을 소개하며 '이 세상에서 좋다는 술은 안 마셔 본 것이 없다.'고 말했습니다.

술 선생님과 감정사는 집사람이 만든 술을 병아리가 부리로 쪼아 먹듯 한 모금 한 모금 입 안으로 털어 넣고는 입안에서 그 맛을 음미한 후 뱉어냅니다. 그리고 물로 입안을 세척합니다. 그리고는 다시 다른 술잔으로 목을 적십니다. 집사람이 만든 것을 음미한 뒤 품평을 합니다.

나도 내가 담근 은행주가 있기에 그들의 화제 속에 과감히 뛰어 들었습니다.

"무식한 이야기입니다만 제가 만든 담금주도 한 번 품평을 해주실 수 있습니까?"

당장 아내의 핀잔이 떨어집니다.

"선생님은 그런 것은 술로 취급도 안 하셔."

나도 멋쩍어 어색한 미소를 지으며 말했습니다.

"그러니까 무식한 이야기라고 했잖아."

두 사람은 별로 내키지 않는 표정이었지만 아내의 남편이라 하니 막상 거절하기가 쉽지 않았을 것입니다.

술 선생님이 가벼이 웃으며 말했습니다.

"아니 괜찮아요. 담금주는 술이 아닌가요?"

나는 총알같이 뛰어가 술잔에 은행주를 부어서 가져다드렸습니다.

술 선생이 한 모금 마시더니 의아한 표정으로 고개를 갸우뚱 거렸습니다. 입 안에서 음미하던 술을 서서히 목젖까지 적셨습니다. 그리고 놀란 표정으로 같이 온 이에게 남은 술을 권했습니다.

"선생님, 이거 드셔보세요."

감정사라는 사람이 남은 술을 한 모금 마시더니 단숨에 입안에 털어 넣었습니다.

그리고 나에게 말했습니다.

"사장님. 죄송하지만 술 한 잔 더 마실 수 있을까요?"

172

"네. 저야 영광이죠."

"그 분은 웃으면서 말했습니다.

"이번엔 맥주잔으로 주실 수 있습니까?"

"도수가 센데 괜찮겠습니까?"

나는 감정사가 원하는 맥주잔에 은행주를 채워서 갖다 주었습니다.

"술 맛이 어떤지요?"

그는 내가 갖다 준 술을 3모금으로 나누어 마셨습니다. 25도의 술을 그렇게 먹는 사람은 처음 보았습니다.

술잔을 비우더니 그가 말했습니다.

"제가 마셔 본 술 중에 중국에서 마신 술이 제일 맛이 있다고 생각했습니다. 화학주였는데요. 그런데 순수한 천연 담금주가 이런 맛을 내다니 정말 믿어지지 않습니다. 솔직히 담금주라고 하면 술로서는 '전혀 아니옵니다'라고 생각했는데 정말 이 술 너무 맛있습니다. 한 잔 더 마실 수 있을까요?"

난 아예 1리터짜리 술병을 가져다주었습니다. 그는 혼자서 한 시간 만에 술병을 다 비우고는 집을 나섰습니다.

나도 모르게 어깨에 힘이 들어갔습니다.

"앞으로 난 내 술을 마실 테니 당신도 당신 술만 마셔."

아내도 술 선생님과 감정사의 품평을 듣고 난 후에는 내가 담근 은행주에 대한 인식이 달라졌습니다.

얼마 지난 후 우연히 그 감정사를 만나게 됐습니다.

"전 여태까지 선생님처럼 술이 강한 분은 처음 보았습니다. 어떻게 한 시간도 안 된 시간에 술 1리터를 마실 수 있는지. 정말 대단하십니다."

그는 손사래를 치며 말했습니다.

"저도 혼자서 그렇게 먹은 적은 처음입니다. 그 날 집에 가서 죽는 줄 알았습니다.

우리 집을 방문하는 지인들에게도 이제는 아무 거리낌 없이 은행주를 내놓습니다. 1년 동안 마실 술을 만들어 놓았으니 세상을 다 가진 이가 부럽지 않습니다.

아내만큼이나 음주가무를 사랑하시는 딸아이는 열혈 '소주걸'입니다. 십 년 넘도록 소주만 마셨던 아이라 설마 하는 심정으로 그녀에게 은행주를 권했습니다.

그녀의 눈빛은 새 세상을 만난 듯 희열로 반짝였습니다.

불길한 기운이 내 가슴을 엄습하는 순간이었는데요.

"아빠, 싸 줘."

그 아이는 옆에 있던 신랑에게도 한 잔을 건넵니다. 이들은 이제 막 결혼한 호적에 잉크도 안 마른 신혼부부입니다.

사위가 말합니다.

"전에 저희 아버지한테 주신 그 술이죠?"

내 집에서 딸의 흔적을 지워주는 게 고마워 단 한 병 남았던 3

년 묵은 은행주를 선물했던 것입니다.

사위는 경직된 내 표정을 외면한 채 맑은 목소리로 말합니다.

"저희 아버지께서 생신 때 집안 어르신들과 이 술을 마시더니 너무 좋다고 하셨습니다."

"아빠, 얼른 싸주세요. 우리 가야 해요."

내가 비꼬는 말로 시비를 겁니다.

"출가외인이시잖아? 그 자격으로 이 집에 이리 자주 오는 것도 교양 있는 사람으로서 할 행동은 아닌 것 같은데. 더욱이 빈손으로 왔으니 빈손으로 가는 게 예의이지 부득이 손에 무언가를 챙겨 가려 함은 무슨 연유에서일까. 두 분은 소주만을 사랑하신다고 들었는데 이렇게 다른 술로 외도를 하시면 소주가 오죽 섭섭하겠습니까? 그냥 예전처럼 소주나 드세요."

딸은 특유의 쌀쌀한 목소리로 내 가슴에 비수를 찌릅니다.

"그렇다면, 우리한테는 앞으로 아무것도 싸주지 마세요."

"아니 출가외인님은 예전이나 지금이나 대화로 푸실 생각은 안 하고 무조건 기분 내키는 대로 하고 싶은 말씀만 하시네."

"그럼 얼른 싸요."

더 이상 그 애와 이야기해봤자 일방적으로 지는 것을 잘 알면서도 꼭 토를 달아 내 자신이 더욱 초라해지는 것을 발견하고야마는 내 행동이 이해가 안 갑니다.

빈 술병과 술을 따를 국자를 들고 밖으로 나가면서 말합니다.

"한 병이요, 두 병이요?"

"두 병이요."

사위한테 말합니다.

"사위!"

"네."

"나 엄청 대범하지. 출가한 딸한테 꼬박꼬박 맞받아치는 장인 본 적 없지? 사내대장부란 나처럼 어떤 경우에 있더라도 자신의 의사는 분명히 이야기하고 살아야 하는 거다."

어기적대는 내 모습이 마음에 차지 않은 딸애가 거듭니다.

"술 세 병 싸세요."

얼른 밖으로 나가며 슬픈 목소리로 말했습니다.

"내가 무슨 잘못을 했다고 금방 한 병을 추가하냐?"

곁에 있던 아내가 행복에 겨운 표정으로 출가외인을 감쌉니다.

"어차피 식구들한테 줄 거 아니에요? 빨리 한 병 더 만들어 주시구려."

"주기는 주는데. 두 모녀는 내 입장을 조금이나마 생각해 줘야 하는 것 아냐?"

사위라는 분은 나와서 나를 거들 생각은 전혀 없이 두 여인들 틈바구니에서 빙긋이 미소를 짓습니다.

"야. 사위!"

"네, 아버님."

"지금 그 자리에 있으니 높으신 두 분과 동격이라 생각하는 것 같은데 조금만 지나보게. 지금 내 모습이 조만간 자네 모습일 것이네."

나에게는 아직도 미혼인 두 명의 아들이 있습니다.

또 어떤 며느리를 데리고 와 이 술을 강탈해갈 것인가를 생각하니 나도 모르게 앞날이 궁금해집니다.

올해부터는 100리터의 술을 담가 소중한 지인들을 더욱 즐겁게 해야겠다는 생각이 나를 행복하게 만듭니다.

슬픈 날엔 참고 견디라
마음은 미래에 사는 것
즐거운 날이 오고야 말리니
- 무시킨의 '삶' 중에서 -

이방인의 변신

중학교 2학년 때 알베르 카뮈의 '이방인'이란 책을 대하고는 책 제목과 주인공과의 관계가 너무 맞지 않아 나도 모르게 실소를 지었습니다.

주인공 '뫼르소'의 행동들이 책 제목인 '이방인'으로서 자격이 없기 때문이었습니다. 어머니 상을 당하고도 밀애를 즐기고 살인을 하는 이의 행동이 과연 우리 시대의 이방인으로서의 자격이 있을까? 나는 단호하게 말할 수 있습니다.

'주인공의 이야기는 너와 나, 우리 모두의 이야기이다.' 우리 이웃의 일상이기에 이 글의 제목은 '현대인'이 적합합니다.

이런 평이한 일상의 이야기가 노벨 문학상을 받았다는 것이 놀라울 뿐이었습니다.

우리 시대의 '이방인'이란 현대인이 아닌 사람, 즉 도덕적이고 교과서적인 삶을 사는 사람들을 지칭해야 하는 것입니다. 세속적이지 않고, 어떠한 세파에도 흔들리지 않고 자신을 지키는 삶을 영위하는 사람들을 지칭하는 세계입니다.

억지로 표현을 하자면 '어머니가 자식에게 향하는 모성애'가

'이방인'의 한 모습일 것입니다.

만약 모든 사람들이 어머니의 숭고한 사랑으로 세상을 마주한다면 사회는 오늘과는 전혀 판이한 모습으로 우리 모두를 정겹게 만들어 줄 것입니다.

인간으로서 당연히 간직해야 할 소중한 것들이 소리 없이 사라지고 혼돈과 혼란이 야기되기에 이를 제어하기 위하여 '국가'가 만들어지고 '법'이란 것이 제정되었습니다. 난 지금 국민의 사지를 묶어 놓은 국가와 법이란 것이 얼마나 무지몽매한 결실인지를 우리가 깨달았으면 합니다.

인디언들은 사람이 죄를 지으면 벌하는 것이 아니라 그가 아는 모든 사람들에게 찾아가게 한다고 합니다. 그리고 사람들은 그 죄인에게 험담이 아닌 그 사람이 얼마나 착한 사람이었는지를 한 마디씩 건넨다고 합니다. 그러면 대부분의 죄인은 마을을 다 돌기도 전에 자신의 잘못에 대해 뼈저리게 반성하고 통곡한다고 합니다.

유전무죄, 무전유죄와 같은 현실의 세계에서 만나는 부조화가 나쁜 사람을 잉태시키는 초석이 됩니다.

모든 사람들이 모성애와 부성애와 같은 순연한 사랑만으로 세상을 마주한다면 규율이니 법이니 하는 인위적인 굴레가 필요하지 않습니다.

세상이 기이하게 흘러가도 아직 희망의 등불이 꺼지지 않는 것은 부모가 자녀에게 베푸는 사랑의 불씨가 꺼지지 않기 때문입니다.

작은 불씨를 집안의 화롯가에서만 지피지 말고 너른 광장에서 모든 이들과 함께 세상을 밝히는 삶을 살아갈 때 우리는 진정 소중한 이방인의 길을 걷게 될 것입니다.

가화만사성

이 세상에서 가장 위대한 단어가 '가화만사성(家和萬事成)'입니다. 집안이 화목해야 모든 것을 이룰 수 있다는 뜻으로 하루에 한 번은 곱씹을 말입니다.

가정을 화목하게 하기 위해 나는 어떤 모습으로 존재하여야 하는지를 생각해보면 '가화만사성'이란 단어가 얼마나 중요하고 심오한지 깨달을 수 있습니다. 나란 개인이 자식, 아내, 남편으로서 어제보다는 더 나아져야 한다는 것을 발견할 것입니다.

인간으로서 최소 주체인 '나'도 제대로 정립하지 못하면서 '가정'이란 신성한 그룹 속에서 존재감을 드러내려 한다는 것은 현기증 나는 일입니다.

인간은 불완전한 존재이며 미지의 존재입니다. 절대로 완벽한 존재가 될 수 없습니다. 단지 오늘보다 나은 내일을 위하여 각고의 노력으로 자신의 부족한 부분을 채워 나가는 존재일 뿐이죠.

가장의 발걸음은 가족의 표상이 됩니다. 그러기에 끊임없는 자기성찰이 필요한 외로운 투쟁도 불사합니다.

세상은 자신이 인식하는 것보다 더욱 빠르게 진화하고 있습니다.

문명이라는 명분을 앞세워 개인주의가 팽만합니다. 가족의 해체 및 개인의 고립이 진행됩니다.

이런 까닭에 가족이란 울타리 속에서 구성원인 스스로가 해야 할 일을 알지 못하고 존재 이유도 잊어버립니다. 안타까운 일입니다. 나의 존재 이유는 '가족'에게 있는데 말입니다.

자신을 제대로 사랑할 줄 안다면 제대로 된 가정을 세울 수 있을 것입니다. 자신을 사랑할 줄 아는 사람만이 가족을 사랑하고 나아가 이웃을 사랑할 수 있습니다.

내가 사는 모든 이유를 '가족'이라는 울타리 속에서 찾아보십시오. 구성원들의 해맑은 미소에서 자신의 행복과 존재의 의미가 발견됩니다. 자신을 과신할 때 자신도 모르게 가족이란 울타리가 무너져 버립니다. 어떨 땐 내 자신도 모르게 가족의 울타리 밖에서 외롭게 서 있는 풍경을 봅니다.

내가 무너지면 내 가족도 무너집니다. 내 소중한 이웃들이 무너지는 것입니다.

우리들에게 있어서 사고의 근본이 '가화만사성'이 되어야 함은 너무나도 자명한 일입니다.

가족이란 자신 혼자 노력해서 만들어지지 않습니다. 구성원 모두 각고의 노력으로 만들어지는 영역입니다. 구성원 각자의 역할이 이러한데 가정의 대들보인 가장의 역할은 더 이상 거론할 필요성은 없겠지요.

어떤 면에서 가족이란 공동체 운영권이 내 손에 쥐어진 것은 신의 축복 속에서 내가 존재한다는 것을 의미하는 것입니다.

나를 사랑하고 가족을 사랑한다면 가족이란 작은 배가 드넓은 바다로 항해해 나갈 때 어떤 광풍과 노도도 이겨낼 것입니다.

이 세상 모든 사랑과 평화를 위하여도 우리는 하루 한 번쯤은 '가화만사성'의 의미를 음미할 필요가 있습니다.

가화만사성이란 손끝으로 수를 놓는 작업이 아닙니다. 눈물로서 진솔한 마음으로 한 땀 한 땀 수를 놓아야 합니다. 이 단어는 매일매일 혈서를 쓰듯이 자신의 모든 것을 집중하면서 그려 내는 대서사시인 것입니다.

아무리 모든 것을 다 바쳐 최선을 다해도 그 곳에는 언제나 채우지 못한 여백이 있습니다. 결코 만족할 수 없는 후회와 반성의 빛으로 가득하기도 합니다.

때로는 우리 아이들에게 지친 기색으로 이야기합니다.

"네가 가장이라 생각하고 너와 같은 아이가 네 자식이라고 생각해 보거라. 넌 그 아이에게 어떤 말을 할 수 있을까?"

내 말을 듣던 사랑스런 아이들이 답합니다.

"저도 아빠와 같은 말을 했을 것 같아요."

"가족이란 엄마와 아빠도 노력해야 하지만 너희들도 조금은 일조를 해주었으면 한다. 하나의 성을 완성하는 데 혼자서 쌓는 것보다 우리 가족 다섯이 힘을 모은다면 훨씬 아름다운 형태를 구축할 것 같은데 너희들 생각은 어떠냐?"

아이들의 눈가에는 자신들도 '좋은 가족'이란 탑을 쌓기 위하여 일조하겠다는 결의가 붉게 타오릅니다.

"네. 노력하겠습니다."

만남

삶이란 여정에서 만남이란 이별을 전제로 합니다.

대가족의 막내로 태어난 관계로 많은 사람들의 사랑을 받았다고 생각하지만 어릴 적 기억에서 유독 나를 사랑해 주셨던 분은 내가 초등학교에 들어가기도 전에 돌아가신 외할머니였습니다.

얼마나 애정이 깊었으면 그 분이 돌아가실 때 나도 죽어야지 하는 생각을 했겠습니까.

그러나 막상 외할머니의 죽음을 전해 들었을 때의 내 기억은 '이제는 다시 외할머니를 만날 수 없다는 두려움과 서글픔'은 있었지만, 눈물을 흘리진 않았던 것 같습니다.

초등학교 시절 꽤나 친했던 코흘리개 가운데는 내 목숨만큼이나 소중했던 친구들이 있었습니다. 사회에서도 수많은 사람을 만났지만 세월의 흐름과 함께 기억 속에서 하나둘 지워졌습니다.

내가 간직했던 그들에 대한 소중한 감정마저도 저 산 너머로 가버렸습니다. 하지만 그 추억의 잔영은 오늘의 내가 버틸 수 있는 고목이 돼 주었습니다.

만남은 축복의 순간입니다. 과거의 나와 오늘의 나 그리고 내일의 나를 만들어 주는 고마운 순간들입니다.

이처럼 순결하고 위대한 '만남'의 시간을 우리는 하찮은 일상으로 간주할 뿐 진정성 있게 생각하지 않습니다.

인간은 거짓말쟁이기에 '약속'이란 단어가 태어났습니다. 우리들의 일상에서 겪는 만남 속에서도 '약속'은 존재합니다. 불교에서 사용하는 '인연'이라는 용어를 사용하는 것도 무방할 것 같습니다.

막연히 아는 사람, 혹은 희미한 기억 속에 존재하는 어떤 사람이 어느 날 갑자기 방송이나 신문에서 '나쁜 사람, 흉악한 사람'으로 등장할 때가 있습니다. 나와 그들의 만남은 불편하고 곤혹스러울 게 뻔합니다.

하지만 내가 이름을 한 번이라도 불러본 이들이 '좋은 사람, 훌륭한 사람'으로 타인들에게 회자된다면 그와의 만남은 영원히 아름다울 것입니다.

우리는 만남의 순간순간 최선을 다해야 합니다.

진지한 '만남'은 사랑하는 내 부모나 가족, 지인들의 '오늘'을 따뜻하고 감미로운 햇살로 비춥니다.

유머

나는 말이 상당히 많은 편입니다.

처음 만나는 사람과도 몇 시간이고 대화를 이어갑니다. 상대가 노약자건 남녀건 상관없이 말입니다.

빈 공간에서 인사만 건넨 후 멀뚱히 하늘만 바라보며 시간을 허비하는 그런 분위기는 견디지 못합니다. 화제는 상대방이 들어서 기분 나쁘지 않고 가볍게 들으면서도 그의 얼굴에 미소를 그려 줄 수 있는 주제들입니다.

나에게는 대화 중 반드시 지키는 철칙이 있습니다.

어떤 상대방이든 대화가 끝나기 전에 반드시 '상대방의 얼굴에 미소를 그려 주어야 한다.'는 것입니다. 우연이든 필연이든 반드시 나와 만나는 사람의 얼굴에 그려 주는 미소말입니다. 대부분의 사람들은 미소를 통해 상대방에 대한 경계심을 풉니다.

이것은 가족과 친지에도 동일하게 적용됩니다.

때로는 아내와 친구들이 말합니다.

"너는 말은 잘하는 것 같은데 장황하기만 할 뿐 주제가 없다."

내 대화의 원래 목적은 '상대방의 미소'이기에 주제의 유무는 그리 따지지 않습니다.

거래처 중 한 사장이 직원에 대한 불만을 터뜨립니다.

"우리 부장은 일은 잘하는데 너무 무뚝뚝합니다. 하루에 출근할 때와 퇴근할 때 인사말 이외에는 입을 꽉 다물고 있어 상대를 무시하는 것 같기도 합니다."

그의 묵언수행은 내가 봐도 정도가 심합니다. 나도 수많은 사람을 접해보았지만 그처럼 무표정하고 말이 없는 사람은 처음이었습니다. 자신도 대화 없이 일하는 자신이 그리 유쾌하지는 않다는 것을 알고 있다는 눈치예요.

다만 말없이 일하는 습관이 든 까닭에 타인과 선뜻 대화한다는 것이 쉽지는 않았을 것입니다.

나는 1분이든 2분이든 '부담 없는 유머'를 건넵니다. 그러면 자신도 어쩔 수 없이 얼굴 가득 미소를 담아냅니다. 그런 그에게 파상적인 '칭찬 세례'와 함께 당신의 장단점을 이야기합니다.

"침묵과 무표정이 당신이라는 상품의 질을 떨어뜨립니다."

첫 미소로 벽을 허문 그이기에 즉답이 돌아옵니다.

진지하게 들어주면서 그에게 또다시 칭찬을 합니다.

"이렇게 말도 잘하면서…"

이후 그는 사장과 이야기도 잘하고 좋은 관계를 유지하며 생활한다는 후문입니다.

난 내 아이들이나 조카들에게 이런 이야기를 합니다.

"사회에 나오면 잘사는 사람은 공부 잘했던 사람이 아니고 그 조직에 잘 적응하는 사람이라고. 잘 적응하는 사람은 '명분'과 '실리'를 가지고 조직에 이바지하는 사람이지. 그리고 그에 버금 가는 것이 그 조직원들을 융화할 수 있는 언변이다. 어쩌면 언변 이야말로 가장 중요한 요소인지도 모르겠다. 히틀러 같은 궤변 의 소유자도 남을 기만하는 언변으로 많은 대중들에게 지지를 받 았던 것을 보면 말 잘하는 것은 정말 필요하다. 하지만 우리 집안 내력은 소리 없이 자신의 자리에서 묵묵히 일만 하는 타입이다. 자신을 어필하지 않기에 똑같은 일을 하고는 손해를 보는 일이 다반사지."

특히 성인이 된 조카들은 한결같이 동조하는 표정입니다.

"지금부터라도 자신이 할 이야기들을 정리해 거울을 보고 이 야기하는 습관을 갖도록 해라. 그리고 그것에 선행해서 상대방의 얼굴이 미소를 짓게끔 만드는 이야기를 연습한 후에 집을 나서 라. 한 번 미소를 보이면 그 다음부터는 일사천리다."

"하지만 남을 웃게 만든다는 것이 그리 쉽나요?"

"난 사람을 만날 때마다 그 생각을 했더니 이제는 생각하지 않 고도 상대방들을 미소 짓게 만들더라."

"유머의 소재는 각자 찾는 거다. 되도록 상대방 주변의 것에서 찾는 것이 중요하니 현재 상황을 재빨리 파악하는 것이 급선무 지. 예를 들자면 거래처 직원이 팔에 부목을 하고 찾아왔기에 난 정색을 하고 말했어. '사장이 옥상에서 밀어서 이렇게 된 거지?' 라고 말이야."

그는 내가 하는 이야기에 고개를 갸우뚱했어.

나는 처량한 눈빛으로 부목을 잡고 애처롭게 말했어.

"얼마 전 사장이 나와 커피 마시면서 옥상에서 밀고 싶은 직원이 하나 있다고 하기에 그냥 지나가는 이야기로만 들었는데 사장한테 왕창 찍힌 사람이 바로 자네였다니…."

"아니에요 사장님. 이건 사장님이 그런 게 아니라 휴일 날 축구하다가 넘어져서 다친 겁니다."

"에휴…. 사는 게 뭔지…. 사장이 다른 사람한테는 그렇게 말하라고 사주하지? 사건의 진실을 이야기하면 해고하겠다는 으름장도 놓고 말이야."

그는 손사래를 하며.

"우리 사장님이 얼마나 좋으신 분인데요."

난 그에게 커피를 타주면서 다시 말했어.

"이건 형사 건이야. 살인 미수라고. 그리고 너의 사장이 이정도일 줄은 정말 몰랐다. 고소는 내가 하고 합의금까지 내가 받아 줄 테니 넌 아무 걱정하지 마."

그리고 음흉한 눈길로

"그런데 합의금은 2:8 로 하는 거다. 자네가 2, 내가 8."

이제야 내 말이 농담인지를 알아챈 그는 빙긋이 미소지었다고 말하니 조카들도 살짝 웃었습니다.

"자꾸 유머를 하기 시작하면 상대방을 즐겁게 하는 것에서 나의 즐거움도 만들어진단다. 일이 즐거우면 모든 것이 행복해지고 말이다. 내가 생각하기에 유머는 사는 데 생명수 같은 역할을 할 뿐 아니라 모든 일에 큰 원동력이 되기도 하지. 내 자랑 같지만 너희들과 내가 몇 살 차이냐? 그런데도 너희들하고는 그리 큰 격의가 없이 말 할 수 있는 것은 너희들보다는 내가 위트감이 더 있기 때문이란다. 이런 관점으로 사니 내 얼굴에는 그늘이 없고 고민이라는 것도 없어 보인단다."

조카들이 좋은 말씀이라는 동조의 표정을 지었습니다.

"내가 자주 써먹는 또 하나의 유머가 있단다. 거래처 중에 통속적으로 말하는 속칭 진상 사장이 있었다. 직원들은 그 사장만 나타나면 한 마디로 얼음이 되었어. 막무가내로 자신의 이야기만 하고 우리 현장 사정은 눈곱만큼도 이해하려 하지 않는 분이셨다."

조카들은 자기들도 일상적으로 겪는 일인지라 귀를 더욱 쫑긋 세웠습니다.

나는 그 사장이 왔을 때 말했어.

"사장님 장수하실 겁니다."

뜬금없는 나의 말에 그는 뜨악한 표정을 지었지.

"네?"

"저희 회사에 오시면 귀가 간지럽지 않습니까?"

"네?"

"직원들이 사장님만 오시면 당신 안 보이는 곳에서 저토록 험담을 해대니 사장님은 앞으로 오래 사실 수밖에 없습니다. 다른 사람들 평생 들을 나쁜 말을 그렇게 배불리 드시는데 단명하려고 해도 단명할 수가 없죠."

그도 자신이 욕을 먹는 것을 아는지라 흔쾌하게 웃으며 말했어.

"제가 시간이 없어서 직원들한테…."

"저 역시 성격이 호방하여 남들처럼 험담을 뒤에서 꿍치지를 못합니다. 반드시 이렇게 면전에서 이야기해야 직성이 풀립니다."

"이렇게 자신의 감정을 유머로 표현한다면 상대방도 조금은 개선되는 효과가 있을 뿐만 아니라 자신의 스트레스도 사라진단다. 더욱이 상대방과 나의 친밀도가 예전보다 깊어지는 부수입도 생기고."

조카들은 환하게 공감의 표정을 지었습니다.

산다는 것

어릴 적 내가 살던 동네에 이발관이 있었습니다.

동네에 하나뿐인 이발소라 그 곳은 항시 사람들로 북적였습니다. 내가 머리를 자르러 가면 빈 자리가 없기에 대기석에 앉아 순서를 기다려야 했습니다.

대기석 맞은편에 걸려 있던 액자에 뭐라고 적혀 있었는데 뜻은 몰라도 무심코 읽었습니다. 보통 이발을 위하여 대기석에서 한 시간 정도는 기다려야 했기에 얼마 되지 않아 그 글을 외우게 되었습니다.

난 그것이 '시'였다는 것도 몰랐고, 더욱이 무슨 의미인지 몰랐습니다. 그저 무료한 시간을 달래기 위하여 읽었고 내 가슴에 굵은 활자로 각인됐습니다.

하지만 중학교에 들어갔을 때 그것이 비로소 '시'라는 것을 알게 되었습니다. 사춘기의 뜨거운 감성은 그 시의 진면목을 알게 했고 눈시울마저 적시게 했습니다. 어떤 위인전, 어떤 대하소설도 푸시킨의 '삶'처럼 잔잔하면서 서정적이고 인간의 일생을 명확하게 적어 놓지는 못했습니다.

'어떻게 이렇게 쉬운 단어로 인생을 함축할 수 있을까? 정말 이 시를 쓴 사람이 인간일 수 있을까?' 하는 의구심마저 들 정도로 구구절절 감동이었습니다.

푸시킨의 '삶'

생활이 그대를 속일지라도
슬퍼하거나 노하지 말라.
슬픈 날엔 참고 견디라
마음은 미래에 사는 것
즐거운 날이 오고야 말리니

마음은 미래를 바라느니
현재는 한없이 우울한 것
모든 것 하염없이 사라지니.
그리고 지나 가버린 것은 그리워지느니라.

인생의 모든 것이 이 시 하나로 대변되었습니다.

중학교 시절부터 이 시의 단어 하나하나 곱씹으며 나와 마주한 상황들에 대처해 나갔습니다.

얼핏 보면 이 시는 삶의 체념이나 방관을 이야기하는 것 같으나 인간의 심리를 인지한 '현실 적응'의 이야기였습니다. 그러면서도 인간은 혼자라는 여운을 긴 뒷그림자로 그려 놓았습니다.

초등학교 시절 시험을 볼 때 문제를 푸는 사람은 오로지 '자신'입니다. 시험 결과에 책임을 지는 것도 자신입니다.

푸시킨의 시에서 보듯이 오늘이란 대부분 슬픈 이야기로 꾸며집니다. 인간의 기쁜 감정은 쉽게 잊혀지지만 슬픈 것은 가슴속에 깊이 뿌리를 내리기 때문입니다. 어떤 사람도 자신의 상처를 대신 아파해 주지 못합니다. '아프면서 성숙한다.'는 농담 같은 삶의 본질 앞에 우리는 번민과 고통을 마주합니다.

누군가가 나에게 묻습니다.

"왜 사냐?"

나는 당당하게 말합니다.

"내가 발견 못한 '내 자신이 얼마나 추악한 인간인지를 발견'하기 위해 산다."

"내가 마주하지 못했던 새로운 슬픈 것들과 조우하기 위하여 산다."

삶이란 이런 것들의 모자이크입니다.

하지만 나만 외로움과 공허함의 소유자가 아닙니다. 사랑스런 내 지인들조차 그 시름의 늪에서 씨름하고 있습니다.

서울 주변에 패널로 조그만 집을 지었습니다. 방 하나를 서재 겸 손님방으로 만들었습니다. 그 방은 외부에서 직접 문을 열고 들어올 수 있는 단독 공간입니다.

문득 혼자 있고 싶을 때가 있습니다. 현실은 내가 갈 만한 곳이 어디에도 없습니다. 부모님과 형제는 물론 친한 지인마저 보는 것이 부담스러운 때 말입니다.

혼자만 있고 싶은 충동은 나만 느끼는 게 아닙니다.

그러기에 지인들에게

"너희들 가슴이 답답할 때는 언제든지 여기 와서 쉬도록 해라. 안주만 가져오면 술은 언제든지 내놓을게. 소중한 지인들만큼은 외롭게 방치하고 싶지 않거든. 나를 원하지 않으면 절대로 방에 안 들어갈 게. 단지 너희들의 편안한 안식처가 되면 나는 족하거든."

가끔 찾아오는 지인들의 모습에서 '그냥 사람 냄새가 그리워.'라는 상념이 짙게 배어 나옵니다. 때로는 자신이 이곳에 왜 왔는지조차 모르는 지인들마저 있습니다.

손님방을 찾은 지인들은 속마음을 쉽게 꺼내지 않습니다. 속마음과 다른 이야기를 하며 헛헛한 미소를 짓습니다. 그것도 여의치 않으면 방에 누워 자신만의 시간을 보냅니다.

고마운 친구들입니다. 자신이 가장 심약할 때 나의 이 '작은 방'을 기억하고 찾아 주는 벗이 있어 행복합니다.

나의 집을 편안하게 수시로 드나드는 친지들이 이야기합니다.

"우리들 나이에 너희 집처럼 편안하게 드나들 곳은 없다. 넌 와

이프 잘 얻은 줄 알아. 우리 집사람 같으면 나는 벌써 쫓겨났다."

농담 반 진담 반의 이야기지만 곰곰이 생각해 보니 지인들이 선뜻 자신의 집으로 초대한 적은 별로 없었던 것 같습니다.

"여자들이 손님 오는 것을 얼마나 싫어하는데…."

그런 말을 들을 땐 한편으론 이해가 되면서도 한편으론 반감이 생깁니다.

인생관이란 표현을 갖다 붙이기에는 너무 거창하지만 사람 사는 곳에 사람들이 북적여야 제대로 사는 것이라 생각하며 살았습니다. 우리 집을 부러워하는 지인들의 모습에서 또 하나의 행복을 만끽합니다.

지인들이 오면 아내는 나보다 환한 얼굴로 손님을 맞습니다.

내가 워낙 술을 안 좋아하는지라 술친구가 오면 때로는 아내가 술상무가 되어 술잔을 기울입니다. 내가 없어도 내 아내가 있기에 더욱 편안한 시간을 즐기는 지인들….

내 소중한 지인들은 나보다 아내를 귀하게 여깁니다. 그런 아내가 있어 나는 감히 행복의 노래를 부를 수 있습니다.

자신보다 나를 더 감싸 안으려는 아내가 있어 행복합니다. 자신보다 나를 더 사랑하는 어머니와 장모님이 있어 행복합니다.

인간은 홀로이기에 가장 가까운 이부터 사랑해야 합니다.

사랑과 행복의 이야기가 끊이지 않는 즐거운 나의 집이 완성돼 갑니다.

종교

많은 사람들이 신을 믿습니다.

나약한 인간이 믿음을 가지고 산다는 것은 훌륭한 삶이면서 바람직한 일입니다.

하지만 선량한 믿음이 아니라 자신의 불순한 육신과 영혼을 종교로 포장하고 위안 삼으려 하는 이들이 너무나도 많습니다.

그리고 그들은 자신이 가장 올바르게 살고 있다고 자위합니다.

초등학교 때 선생님께 들은 이야기입니다.

6.25전쟁 때의 일이었습니다.

인민군이 시골 어느 교회 앞에서 마을 사람들을 전부 모아 놓았습니다.

종교를 아편이라 칭하는 그들은 기독교 교인과 비종교인을 선별하기 위하여 마을 사람들을 모아놓고 예수님의 초상화를 땅바닥에 던졌습니다.

인민군 장교가 말했습니다.

"이 초상화를 밟고 지나가는 사람들은 살려 줄 것이지만 그걸 거부하는 행동은 우리들에 반하는 것으로 간주하여 총살에 처할 것이다. 맨 앞에 있는 사람부터 지나가시오.”

　조금 주저하는 사람들도 있었지만 총부리에 휘둘려 목사님과 장로님들이 초상화를 밟고 지나가자 주춤하던 모든 사람들은 아무 망설임 없이 뒤를 따랐습니다.

　그런데 갑자기 한 어린아이의 울음소리가 들렸습니다.

　“목사님이 말씀하셨잖아요? 하나님이 우리들의 아버지라 말씀하시지 않았습니까? 우리에게 먹을 것과 입을 것을 주신다고 말씀하셨잖아요. 그런 분을 어떻게 더러운 발로 밟고 지날 수 있습니까?”

　선생님이 전하는 그 일화를 들은 나는 커다란 충격을 받았습니다.

　인간의 신념과 믿음이란 것이 이처럼 긴박한 순간에는 싸구려 허상으로 변하는구나 싶었습니다. 인간의 믿음에 대한 의구심이 들 수밖에 없었습니다. 동물과 분류되는 인간의 ‘이성’이라는 것조차 신뢰할 수 없었습니다.

　그러면 과연 신은 존재할까요? 과연 신의 모습은 어떤 형상을 하고 있을까요? 시간이 흐르면 흐를수록 그 의구심이 증폭되고 있습니다.

　오늘날 인간들이 믿는 신은 ‘현실’입니다. 직설적으로 표현하면 인간들이 진정하게 믿고 추앙하는 것은 ‘돈’입니다.

　행복과 불행의 기준을 돈의 많고 적음으로 구분합니다. 때로는 돈으로 선과 악의 기준을 삼기도 합니다.

물론 이 기준에 적용되지 않는 소수의 사람들이 존재하기도 합니다. 일부 양심적인 그들의 운명은 많은 이들로부터 칭송받거나 혹은 낙오자라는 오명을 뒤집어쓰고는 이방인의 삶을 살아야 합니다.

이 이야기는 인간 전부를 부정하고자 하는 것이 아닙니다. 말하고 싶은 것은 인간의 역사가 시작되면서 우리들이 믿어왔던 신의 대우를 제대로 하자는 것입니다.

사람의 운명은 신을 대하는 사고와 행동에 의해 결정된다고 생각합니다.

예수는 '부자가 천국에 들어가기는 낙타가 바늘구멍에 들어가는 것보다 힘들다.'고 말씀하십니다.

나는 내가 아는 지인들에게 말합니다.

"이 세상에서 가장 행복한 사람은 적당히 없는 사람입니다."

나를 사랑할 줄 알아야 합니다. 가족을 사랑할 줄 알아야 합니다. 이웃을 사랑할 줄 알아야 합니다. 사랑할 줄 아는 이에게는 규범이나 법 같은 것이 존재하지 않습니다. 사랑할 줄 아는 사람은 돈을 신으로 예우하지 않습니다.

밀림의 왕 라이언은 자신이 먹을 것 이외에는 사냥을 하지 않습니다. 모든 것을 사랑하는 사람은 최소한의 소유 이외에는 욕심내지 않습니다.

그것이 행복의 문으로 들어가는 유일한 방법임을 알기 때문입니다.

우리들이 믿는 그 신을 막연한 숭배의 대상으로 삼지 말고 '사랑의 마음'으로 대한다면 인생은 오늘보다 훨씬 더 행복할 것입니다.

사람을 변화시킨다는 것

직장 생활을 할 때의 일이었습니다. 부서 발령을 받았는데 꼴통으로 소문난 부장이 있는 곳이었습니다.

그 부장 밑에서 일하는 총무과장은 내가 자기 부서로 오자 안타까운 표정으로 말했습니다.

"황 과장님, 이사님한테 말씀하셔서 부장과 같이 일 못 하겠다고 하세요. 그 인간 얼마나 이기적이고 엽기적인지 절대로 같이 일 못 하실 겁니다."

내가 그냥 피식 미소만 띠자 그는 다시 말을 이어 나갔습니다.

"저를 보세요. 총무를 맡아 많은 사람들과 접하게 되니 자연히 성질도 죽고 웬만한 일에는 신경도 안 쓰지만, 부장이란 사람과는 하루에도 열두 번 부딪칩니다. 업무 결과가 좋으면 자기 탓이고 결과가 나쁘면 모두 아랫사람 탓입니다. 한 번도 책임지는 일도 없고…. 부서장이란 사람이 윗사람한테 쪼르르 달려가 아랫사람 흉이나 보고…."

"김 과장님. 나는 아주 재미있는 일이라고 생각합니다. 이 세상에는 부장보다 더 꼴통인 인간들도 많습니다. 김 과장 말대로 부장이 이사나 사장한테 가서 자신의 부하 직원을 흉본다면 과연 이사나 사장이 부장을 어떻게 생각할까요? 절대 좋은 모습으로 보지 않을 것입니다. 만약 그 분들이 부장의 말에나 동조하고 그의 말대로 처신한다면 그런 윗분들만 있는 이 곳은 비전이 없습니다. 하지만 내가 아는 이사님이나 사장님은 한심한 분들이 아닙니다. 그리고 내가 생각하건대 문제의 부장님도 사고 그릇이 작은 사람일 뿐 그리 나쁜 사람은 아닙니다. 그런 사람을 내 편으로 만드는 것도 직장 생활의 묘미라 생각합니다."

그는 내 말에 고개를 저으면서 말했습니다.

"황 과장님, 그 인간 겪어보면 얼마나 황당한지 아실 겁니다. 제가 부장과 2년 동안 생활하고 있기에 드리는 충고입니다. 절대로 그 인간한테 황 과장님의 속 이야기를 하지 마세요. 그것이 독으로 되어서 돌아옵니다."

정말 생활을 해보니 그 부장은 이기적인 성격에다가 권위의식만 넘치는 사람이었습니다.

부장은 내가 맡은 일에 대해 경험도 없음에도 불구하고 자신의 순간적인 감정과 기분으로 업무 결정을 내렸습니다. 현장이나 업무의 상황을 파악하려는 노력은 전혀 하지 않고 책상에 앉아 지시만 했습니다.

총무 과장은 나와 부장의 업무에 관한 이야기를 들으면 때로는 부장 들으라고 혼자 말로 주절대며 자리를 박차고 나가기조차 했습니다.

"업무를 모르면 담당자 이야기를 듣고 일 처리를 해야지. 개뿔
도 모르면서….

놀라운 것은 과장의 이런 태도에 익숙한지 부장은 아무 반응
도 안 한다는 거였습니다. 때로는 부장도 속상할 때가 있는지 나
에게 총무과장의 흉을 보았습니다.

"부장님 말씀이 맞습니다. 하지만 총무과장도 부장님 새끼 아
닙니까? 자식 흉보는 부모가 어디 있습니까? 저는 윗사람이라면
당연히 아랫사람을 인간답게 만들어 주는 게 도리라 생각합니다.
제 생각이 틀렸는지요?"

나의 소신 피력에 부장도 멋쩍은지 아랫사람 흉보는 것을 엄
청 자제하는 기색이 엿보였습니다.

그러던 어느 날 부장이 말도 안 되는 지시를 했습니다.

"부장님 안 됩니다."

"내가 책임질게."

"이건 책임 소재를 떠나 일을 그렇게 처리하시면 많은 문제가
발생합니다."

"내가 책임질 테니 걱정하지 마."

나는 부장의 지시대로 일을 처리했습니다.

몇 시간도 안 돼 이사님이 나를 호출했습니다.

"황 과장, 이 일 누가 했냐?"

저쪽 책상에 부장과 총무과장이 눈에 들어왔습니다.

"제가 했습니다."

"부장한테 보고했냐?"

"이 정도의 일은 부장님께 보고할 사항이 아니라 판단되어 혼자 결정했습니다."

"황 과장, 자네 이 일을 한 지가 얼만데 이따위로 처리해. 빨리 이런 방법으로 처리해."

원래 내가 주장했던 방법으로 일 처리가 되었습니다.

부장은 이 상황을 못 본 척 외면하였고 김 과장은 화가 나는지 나를 불러 커피를 내왔습니다.

"아니. 황 과장님은 화도 안 나세요? 부장 보셨죠. 자신이 지시하고 자신은 쏙 빠지고…. 황과장님, 참으로 답답합니다. 왜 부장이 지시했다고 말씀을 안 하세요. 제가 이사님한테 가서 진실을 이야기하겠습니다."

마치 자신의 일인양 분개하는 그의 모습이 한편으로는 고마우면서도 걱정이 되었습니다.

"김 과장님, 맑은 물에는 물고기가 살 수 없습니다. 세상은 이런 사람도 있고 저런 사람도 있습니다. 세상은 흑백논리로 살기에는 검은 것들이 너무 많습니다. 검은 것을 하얗게 만드는 것이 더 지혜롭지 않을까요?"

그는 단호한 표정으로 말했습니다.

"그 인간은 안 됩니다."

"내가 이 부서로 온 지 1개월이 지났습니다. 앞으로 넉넉히 11개월만 지켜보세요. 난 반드시 부장을 내 편으로 만들고 말 겁니다."

그는 나의 이야기에 연민의 표정을 지었습니다.

그렇게 보름이 지날 무렵 지난번 사건과 유사한 일이 발생했습니다.

부장의 지시는 절대로 하면 안 되는 일이었지만 자신이 내뱉은 말을 취소하기에는 자존심이 상하는지 계속해서 강요했습니다. 당연히 내가 기안한 품의서에 부장의 지시 사항이 기재되었습니다.

그리고 다음날 이사의 호출이 떨어졌습니다.

내가 이사님을 모신지 팔 년이 되어가지만, 지금처럼 언성이 높은 것은 처음이었습니다.

"황 과장, 이거 누가 한 거야?"

"제가 했습니다."

"야! 황 과장, 너 짬밥이 얼만데 일을 이따위로 처리해. 부장은 알아?"

"모릅니다."

사무실에 있던 부장도 불렀습니다.

"야, 네가 어떻게 처신했기에 너한테 보고도 안 하고 일을 이

따위로 처리하게 해. 앞으로 이런 일이 생기면 네 책임인 줄 알아.”

부장의 얼굴빛은 벌겋게 달아올랐습니다. 이사의 질책보다 자신의 염치에 상처를 받았기 때문이었습니다.

부장은 그 일에도 아무런 사과가 없었습니다.

김 과장은 더 열 받은 표정으로

“황 과장님도 똑똑히 보셨죠. 그 인간이 얼마나 무책임한 인간인지를…. 왜 이사님한테 사실대로 말씀하지 않으십니까?”

“나는 이사님의 질책에도 하나의 잘못이나 부끄럼을 느끼지 않습니다. 이렇게 진실을 알아주는 김 과장님도 있는데 무엇이 두렵습니까? 지금 가장 부끄러운 사람은 부장입니다. 그도 사람인데 앞으로 몇 번이나 더 이런 상황에서 당당하겠습니까? 부장 같은 사람을 자신의 편으로 만드는 것이 훨씬 현명합니다. 단적으로 김 과장은 부장과 생활한 지 2년이 넘는데 겨우 몇 달 밖엔 안 된 내가 오히려 부장과 대화가 됩니다. 김 과장 성격과 행동은 남들의 면전에서는 질책은 안 받지만 회사라는 조직이라는 틀에서는 득보다 실이 되는 경우도 존재합니다.”

보름이 흘렀을까 예전에 진행됐던 유사한 사건이 또 발생했습니다.

“부장님, 절대 이렇게 해서는 안 됩니다.”

“황과장, 내가 책임진다니까!”

"차라리 부장님이 과 회의를 열어 이번 일을 어떤 식으로 처리해야 하는지 토론하는 것이 좋을 것 같습니다."

"내 말대로 하세요."

나는 단호한 눈빛으로 말했습니다.

"부장님!"

그는 내 눈빛을 피하면서 자리를 비웠습니다.

"반드시 내 지시대로 하세요."

나는 어떠한 결과가 나오는지 워낙 자명한지라 이번에는 약간의 망설임이 있었습니다.

하지만 아랫사람도 내 사람으로 만들기 위해서는 응분의 대가가 치러지는데 하물며 위의 상사를 내 사람으로 만드는 일임에야 이 정도는 감당해야지 하는 생각으로 다시금 마음을 부추이며 부장이 지시한 사항대로 일 처리를 했습니다.

다음날 이사가 출근하면서 그 일을 알았습니다. 내가 담당인지라 당장 호출이 떨어졌습니다. 그리고 부장도 함께 불렀습니다.

"도대체 왜 일을 이따위로 하냐? 도대체 황 과장, 당신 정신이 있는 사람이야 없는 사람이야?"

부동자세로 머리를 조아리며 말했습니다.

"이사님, 죄송합니다."

이사의 노기는 더욱 날카로워졌습니다.

"이게 죄송하다고 끝날 일이냐고?"

이사의 말이 끝나기도 전에 부장이 말했습니다.

"이거 제가 지시한 겁니다."

부장의 말에 내 귀가 놀랐습니다.

내가 아는 부장은 이런 분이 아니었는데 소심하면서 윗분들 눈치나 보는 사람이라고 판단한 그 사람이 당찬 목소리로 자신이 지시한 일임을 분명히 이야기했습니다.

"황과장이 한 게 아니고 제가 지시한 겁니다. 모든 책임은 저에게 있습니다."

"아니 부장이란 사람이 일 처리를 이렇게밖에 못 해⋯."

내가 곁에 있어서인지 이사는 더 이상 부장에게 핀잔을 주지 않고 자리를 떠났습니다.

부장은 이사가 시야에서 사라지자 아주 자상한 모습으로 말했습니다.

"미안해, 황 과장."

멋쩍은 그의 사과에 나는 아무 상관 없다는 듯 말했습니다.

"부장님이 나한테 미안해야 할 일이 있나요?"

"저번에도⋯."

"부장님, 윗분은 아랫사람한테 사과하는 게 아닙니다. 그런 마음이 생긴다면 아래 것들을 더욱 더 잘 돌보시면 됩니다. 미안하다는 말씀 한마디로 저에 대한 부채를 탕감하려 하지 마십시오."

"알았네."

"그런 의미로 퇴근 후 술이나 한 잔 사십시오."

그분은 한 번도 자비로 직원들에게 술을 산 적이 없다고 들었습니다. 하지만 그날 부장은 호기롭게 1차에서 3차까지 당신이 계산했습니다.

그런 후 김 과장과 차를 마시는 기회가 있기에 그에게 말했습니다.

"세상은 적을 만드는 것보다 내 편으로 만드는 것이 훨씬 수월합니다. 적은 노력과 정성이면 모든 사람은 자신의 편이 됩니다. 먼저 양보하고 배려하면 반드시 좋은 결실이 옵니다. 하지만 아무리 노력을 해도 안 되는 사람이 있다면 먼저 내 노력과 정성이 부족함을 탓하십시오. 더 이상 다른 생각을 하면 자신만 초라해집니다. 그렇다고 절대 비굴하게 처신하라는 것이 아닙니다. 반드시 '명분'이 있는 처신을 해야만 합니다."

내 탓이오

모든 결과는 내 탓입니다.

많은 이들이 좋은 결과와 결실은 내 탓이고 나쁜 결과와 결실은 남의 탓으로 치부합니다. 하지만 지혜로운 사람은 좋은 결과와 결실은 다른 사람의 공으로 돌리고 나쁜 결과와 결실은 내 탓으로 받아들입니다.

나를 사랑하기 이전에 타인을 사랑할 줄 알아야 합니다. 자신만을 사랑하려 하면 삶은 굶주림과 갈증의 늪에서 벗어 날 수 없습니다.

문명이 진화할수록 인간들은 개인화돼가고 이기심이 증폭되는 것을 봅니다. 더 편하고 더 누리고 싶은 욕망이 현대화란 미명하에 나약한 인간들을 꼬드겨 '이기적인 인간'으로 만듭니다. 고도화된 사회가 고도로 타락한 사회가 될 수도 있다는 말입니다.

이기적인 인간들은 '타인에게 피해만 안 주면 됐지. 양보와 배려가 무슨 소용이 있냐?'고 말합니다. 양보와 배려는 불편한 일이고 때론 손해를 보는 행동이라고 여기기도 합니다.

성경에 '왼쪽 뺨을 때리거든 오른쪽 뺨을 내밀어라.'라는 말이 있습니다.

오른쪽 뺨을 내밀기 전에 이런 일이 일어난 것은 결국 내 탓이 아니었을까 생각해보면 어떨까요? 남을 탓하기 전에 자신을 돌아보고 자신을 탓하는 것은 실로 아름다운 행위입니다.

거창하게 양손에 대차대조표를 놓고 계산기를 두드리는 우매함을 자랑하지 마십시오. 뒤늦은 번민과 후회는 인간다운 삶에 도움이 되지 않습니다.

그냥 물이 흐르듯 자연스런 모습으로 시시비비를 가리는 모든 것에 '내 탓이오.'라고 결론지으십시오.

그런 마음으로 살다보면 양손에는 예상치 못했던 참된 평화와 행복이라는 탐스런 과일이 들려있을 겁니다.

'네 탓이오.'는 '갈등'과 '탐욕'으로 가득한 삶을 이끌지만, 글자 하나만 바꾸면 아주 멋진 신세계를 선사할 것입니다.

따뜻한 눈인사를 건네는 이웃 그리고 천사 같은 사람들과 더불어 사는 세상을 맛볼 수 있을 것입니다.

비루한 법의 잣대보다 온화한 미소의 '내 탓'이라는 잣대를 사용하여 서로를 믿고 존중하는 살맛 나는 세상을 만들어 봅시다.

거짓말

학창 시절 아주 진지한 표정으로 이런 말을 하는 친구가 있었습니다.

"난 태어나서 한 번도 거짓말을 한 적이 없다. 진짜다."

곁에 자신과 친한 친구라도 있으면 목소리는 더욱 당당해집니다.

"너, 내가 거짓말하는 거 본 적 있냐?"

"아니 너는 절대로 거짓말을 하지 않아."

곁의 친구 대답에 더욱 의기양양해 합니다.

"봐. 나를 아는 아이들은 내가 한 번도 거짓말을 해 본 적이 없다는 것을 잘 안다. 그런데 네가 나한테 감히 거짓말쟁이라고 말을 해?"

분기 가득한 그의 두 눈에는 정말 거짓이라고는 한 톨도 찾아볼 수 없을 만큼 진지했습니다.

이런 친구들을 보면 쉽게 동조하거나 이의를 제기하기보다는 씁쓸한 미소를 짓게 됩니다.

이유는 내 주변을 돌아볼 필요도 없이 나 자신이 거짓말쟁이라는 사실을 너무나도 잘 알고 있기 때문입니다.

초등학교 6년, 중 고등학교 6년 동안 나는 시험을 치르기 전이면 항상 '이번 시험은 정말 잘 볼 거야'라며 마음을 단단히 추스르곤 했습니다. 그러나 시험 전날이 되면 이러한 거창한 다짐들이 물거품으로 변한 것을 발견하고 실망합니다.

많은 학생들이 성적을 잘 받기 위해 나름대로 열심히 공부하지만 시험이 끝나면 자신과 약속했던 대부분의 것들이 제대로 지켜지지 않았음을 발견하곤 하지요.

그렇게 수많은 시험을 보면서 나 자신과의 약속을 지켰던 적은 한 번도 없습니다. 친했던 다른 학우들 역시 나와 비슷합니다.

그러나 인간은 미완성의 존재이기 때문에 그런 모습은 인간적이라 할 수 있습니다. 어떤 일이고 완벽하다면 다른 이들의 두려움을 사는 존재가 될 것입니다.

만약 지인을 앞에 두고 솔직하게 "난 네가 싫어"라고 이야기해 보십시오. 이성이 존재하는 한 그런 발설은 만용이요 객기이자 지탄을 받는 지름길이 될 겁니다.

인간은 자신에게조차 약속을 지키지 못하는 의지박약한 존재라는 것을 스스로 인정해야 합니다. 자신이 나약한 존재라는 것을 깨닫게 되면 다른 사람의 모습을 관대하게 포용하는 관용이 생깁니다. 이웃들의 무지에서 친근한 자신의 무지가 발견되기 때문입니다.

그렇다고 이웃에게 해악을 끼치는 거짓말까지 인정하라는 것은 아닙니다. 자신이 얼마나 부족한 존재인지를 깨닫고 훌륭한 자신의 인성을 만들기 위해 노력하는 시간을 가지자는 뜻입니다.

인간은 원래 자신에게는 관대하고 타인에게는 인색한 편입니다. 좀 더 세련된 생각의 소유자라면 자신에게 인색하고 타인에게 관대한 삶을 살아나가길 권유합니다.

이것이 행복의 문고리를 잡는 기본이기 때문입니다.

중용(中庸)의 눈으로 세상을 보면

중용이란 말은 가화만사성만큼이나 묵직합니다.

과하지도 부족하지도 않은 세계. 선하지도 악하지도 않은 중간의 세계. 그렇다고 박쥐의 처신을 이야기하는 것은 절대 아닙니다. 그냥 보기만 해도 흡족한 미소를 지을 수 있는 세계죠.

아침에 일어나 중용을 곱씹으며 일과를 시작합니다.

일 처리를 하거나 사람들과의 만남에 있어서도 중용을 떠올립니다.

아집과 편견이 많은 인간인지라 이 말의 의미가 더욱 와 닿습니다.

내 삶을 적어 나가는 이 순간도 나 자신의 사치와 중용과의 전쟁입니다.

어제도 기억하지 못하는 인간이기에 부족한 모습으로 오늘을 대합니다. 내일의 자신은 암담하기조차 합니다.

하지만 진정한 행복을 만나려면 중용을 사랑해야 합니다.

중용의 잣대로 매사를 저울질해야 합니다.

먹을거리에서도 최소한의 것만을 탐합니다.

재물 역시 자신이 누릴 최소한의 것만을 취합니다. 두 손에 잡히는 것 이외에는 억지로 바구니에 쓸어 담으려 하지 않습니다. 티끌만 한 탐욕이 태산 같은 화마로 변해 우리를 불구덩이에 빠지게 할 수 있기 때문입니다.

중용의 눈으로 세상을 보면 여태까지 만나지 못했던 조용한 안식과 평화를 만날 수 있습니다.

인디언들은 땅을 어머니라 한다.
한결같은 모습으로
나를 기다려 주기에…

잡초가 주인공이 되는 세상

사람들은 여행을 즐깁니다.

나 또한 나 혼자든 부부끼리든 가족이든 여행이라는 단어만 들어가면 쌍수를 들어 환영합니다.

평상시 내 지론은 '일할 때는 최선을 다하고 쉴 때는 확실히 쉬자.'입니다.

아이들이 시험 기간임에도 나에게 눈치를 보며 말합니다.

"저 콘서트에 가도 되나요?"

"저 조금만 놀다가 공부하면 안 되나요?"

난 엄한 목소리로 말합니다.

"조건이 있단다."

아이들은 내 눈치를 살핍니다.

"무엇인데요?"

나는 큰소리로 조건을 말합니다.

"정말로 재미있게 놀다가 들어와야 한다."

놀란 아이들의 표정이 재미있어 다시금 말을 이어 나갑니다.

"그럴 자신이 없으면 나가지 말고."

아이들은 큰 소리로 외칩니다.

"재미있게 놀다 오겠습니다."

얼이 '스승의 날 선생님에게 쓴 편지' 사건 이후 난 아이들에게 시험 점수를 물은 적이 없습니다. 반에서 몇 등을 하는지를 물어본 적도 없습니다.

내가 관심을 갖고 물어보는 말은 "요즘 누구랑 노냐?"는 정도 입니다. 내가 생각하고 추구하는 잘 사는 삶은 '즐길 줄 아는 삶'이기 때문입니다. 세상을 섭렵하는 여행은 자아 형성에도 지대한 공헌을 합니다.

내가 초등학교 3학년 때의 일입니다.

집하고 학교밖에 모르는 나에게 동네 친구가 청량리에 백화점이 생겼는데 그 안에 들어가면 한여름에도 선풍기 바람보다 시원하다고 허풍을 떨었습니다. 더욱이 에스컬레이터라는 것이 있는데 그냥 서 있어도 2층으로 올라간다고 이야기할 때에는 나도 모르게 "너 거짓말 할래?"라고 했습니다.

친구는 정색을 하며 그럼 같이 가서 확인해 보자고 했습니다. 난 그의 손을 잡고 그 곳으로 갔습니다.

그는 백화점 안으로 들어가기 전에 경비 아저씨나 여자 안내원들이 우리 같은 불청객을 보면 쫓아내니 그들에게 들키지 않게 들어가 몰래 에스컬레이터를 타야 한다고 주의를 주었습니다. 백화점에 들어서니 한여름인데도 차가운 공기가 피부에 와 닿는 것이 너무 신기했습니다. 특히 친구가 말했던 에스컬레이터란 기계가 사람들을 태우고 소리 없이 위로 올라가는 것을 처음 보고는 마치 '이상한 나라'에 온 것 같았습니다.

그와 함께 그 이상한 기계에 올라타려는 순간 빨간 모자에 빨간 제복을 입은 여자 안내원이 우리를 쏘아보고 있었습니다.

그는 내 손을 내팽개치고 걸음아 나 살려라 도망쳤습니다.

"도망쳐!"

나도 얼떨결에 아무 곳이나 죽어라 뛰었습니다. 우왕좌왕하면서 뛰다 보니 간신히 백화점을 빠져나올 수 있었습니다.

하지만 아무리 주변을 찾아보아도 같이 온 친구를 찾을 수 없었습니다.

나는 이곳이 어디인지, 집으로 어떻게 가야 하는지 전혀 알 수 없었습니다. 머릿속은 공황 상태가 되었습니다. 이렇게 고아원으로 가는 것은 아닌지…. 나쁜 아저씨들에게 끌려가는 것은 아닌지…. 아무리 생각해 보아도 내가 집으로 어떻게 가야 하는지 감이 잡히지 않았습니다.

당장이라도 눈물이 쏟아져 나올 것만 같았습니다. 청량리 역전에서 주저주저하는데 마침 경찰 아저씨가 눈에 띄었습니다. 그분에게로 가서 꾸벅 인사를 하며 말했습니다.

"아저씨 죄송하지만 청량초등학교로 가려면 어떻게 가야하나요?"

"청량초등학교라….."

"경희대학교도 있고, 휘경시장도 있는데요."

그 분은 손가락으로 위쪽을 가리키며 말했습니다.

"아 그럼 저쪽으로 쭉 직진만 하거라. 버스 4정거장만 가면 나올 테니."

직진이라는 말에 안도의 숨이 터져 나왔습니다. 그리고 그 분 말씀대로 쭉 직진을 하니 눈에 익은 건물이 들어왔습니다. 가슴속 긴장감이 사라졌습니다.

'다시는 동네 밖을 벗어나지 말아야지 하는 다짐'이 가슴에 새겨지는 순간이었습니다.

중학교 2학년 여름 방학에는 이런 일도 있었었습니다.

친구들이 강원도 삼척 해수욕장으로 놀러 가자고 했습니다. 그 당시 책에서나 보았지 바다를 한 번도 구경하지 못한 나였습니다.

초등학교 시절 집에서 얼마 떨어지지 않은 곳에서조차 참담한 경험을 하였던 나는 그렇게 멀리 떨어진 곳으로 가기에는 두려움이 앞섰습니다. 하지만 친구들 사이에서는 제법 큰소리깨나 하는 체면 때문에 마지못해 친구들과 동행하기로 했습니다.

당시 서울에서 강릉까지 가는 데 완행열차로 12시간 정도 소요됐습니다.

어쨌든 친구들과 어울려 집을 나서니 그런대로 즐거웠습니다.

얼마의 시간이 지나자 집을 나설 때의 긴장감이 사라졌습니다. 기차가 완행열차이기에 역이란 역은 다 멈췄지만 주변에 들어오는 풍광과 역사의 정취는 나에게 왠지 익숙하게 다가왔습니다.

차창 밖의 모습이 왜 그리도 정겹게만 느껴지는지….

어둠이 찾아와 모두들 의자에 앉아 잠을 청했습니다.

얼마나 잤을까?

창밖에는 끝없는 수평선이 펼쳐져 있었습니다.

'아! 저게 책에서만 보던 바다란 거구나.'

그 장관에 취해 있을 때 수평선 너머에는 붉은 기운이 타오르고 있었습니다. 그리고 커다란 태양의 열기가 솟구쳐 올랐습니다. 글로만 만났던 일출의 순간이었던 겁니다.

때마침 열차는 '정동진역'에 잠시 정차를 했습니다. 나도 모르게 열차 밖으로 나가 큰 기지개를 하며 해맞이를 즐겼습니다. 나와 바다, 그리고 태양이 하나가 되는 감흥에 물들 수 있었습니다.

열차가 출발 신호를 울리기에 느린 발걸음으로 올라탔습니다.

이 여행에서 돌아온 뒤부터 나는 일출의 감흥을 잊지 못하고 시간이 날 때마다 집을 나섰습니다. 그리고 여행을 다녀오면 알 수 없는 서정의 기운이 오롯이 가슴에 쌓이는 것을 느끼게 되었습니다. 그 조용한 기운이 왠지 모르게 사랑스럽고 자랑스러웠습니다.

백문이 불여일견이라 백 번 듣는 것보다 한 번 보는 것이 훨씬 가슴에 와 닿는 감흥이 큽니다. 그러기에 아이들이 집 밖에 나가는 것에 관한 한 대부분 수락하는 편이지요.

그 때 우리가 사는 집은 인천 계산동에 있었습니다.

샘이는 초등학생이었습니다. 친구도 없이 혼자서 서울 잠실운동장으로 'god 콘서트'를 가겠다고 합니다. 한 번도 혼자서 버스를 타거나 지하철을 타 본 적이 없는 아이입니다. 더욱이 오후 9시에 시작하여 끝나는 시간이 밤 12시가 넘는다고 합니다.

아내는 샘이의 성화에 불안감에 휩싸입니다.

하지만 난 명쾌하게 답합니다.

"허락하세요."

걱정스러운지 아내가 말합니다.

"아직 어린데 내가 데리고 갈까?"

나는 고개를 저으며 말합니다.

"딸 아이 혼자만의 여행입니다. 샘이가 느낄 감동에 티끌이라도 개입하면 안 됩니다. 길을 잃으면 경찰서나 집으로 전화하면 될 터이고…. 실로 소중한 것은 그 어린 것이 마주하는 순간순간들이 나중에 어른이 되었을 때는 돈 주고는 살 수 없는 소중한 추억입니다. 저 나이에 콘서트에 가겠다는 샘이의 열정이 사랑스럽습니다."

그 날 밤 딸아이가 집에 귀가하기 전 우리 부부는 행여나 하는 마음으로 마음을 졸였지만 택시를 타고 새벽에 당당히 귀가하는 어린 딸아이가 왜 그리도 대견스러웠는지 모릅니다.

우리 아이들은 그 흔한 학원 하나 제대로 보낸 적이 없습니다. 아내가 학원을 보내야겠다고 이야기하면 난 아이들을 불러 물어 봅니다.

"학원에서 열심히 할 공부할 자신이 있니?"

가만히 눈치를 살핍니다.

"열심히 공부할 자신이 있으면 학원을 가고 그 시간에 열심히 놀 자신이 있으면 놀고."

"학원 안 가도 돼요?"

"열심히 놀 자신이 있으면 가지 마라."

공부는 아이가 하고 싶을 때 하는 것이지 주변 분위기나 부모의 바람으로 이루어지는 것이 아니라는 것이 나의 지론이기 때문입니다.

때로는 아이들을 개별적으로 데리고 야외로 나갑니다.

손을 붙잡고 개울에 발을 적십니다. 그리고 풀밭에 눕습니다. 똑바로 누워 하늘을 보게 합니다. 그리고 주변을 보라 합니다. 또 옆으로 누워서 주변을 보라고 권합니다.

서서 보는 풍광과 앉아서 보는 풍광 그리고 누워서 보는 풍광이 실체는 같으나 시각이 느끼는 아름다움은 제각각입니다.

"예전에 나는 여행이란 되도록 먼 곳으로 가는 것이라고 생각했단다. 그리고 기괴하고 장엄함이 연출되는 곳을 목적지로 삼았지."

다시 말을 이어 나갑니다.

"장미도 아름답지만, 잡초도 그 탄생의 의미라는 걸 짚어보니 그것 역시 아름답더구나."

"이 세상에 우리의 관심 밖에 있는 잡초지만 세상에 잡초가 사라진다면 장미의 아름다움이, 백합의 황홀함이 사람들에게 제대로 인식될 수 있을까?"

"이렇게 풀밭에 누워 세상을 보면 서서 보았던 그 간단한 잡초들이 때로는 울창한 숲으로, 짙은 밀림으로 다가온다. 작은 바람만 불어도 누워서 보는 잡초 숲은 순간순간 다른 모습으로 우리에게 감흥을 준다. 여행이란 우리에게 휴식과 안식을 주지. 그렇지만 이렇게 풀밭에 누워 남들이 인식하지 못하고 만나지 못하는 '나 혼자만의 새로운 여행'의 흥취 또한 자신만의 여행이 갖는 즐거움이 아니겠니?"

우리들 주변 어디서든 만날 수 있는 흔하디흔한 잡초! 누워서 그들을 대하면 미처 몰랐던 그들과 대화를 하게 됩니다.

뽑아도 뽑아도 오롯이 솟아나는 그들의 생명력이 경이롭습니다. 이 세상 어디를 가도 잡초는 있습니다. 너무 흔하기에 사람들은 그들을 무시하고 천대합니다. 하지만 세상이 빛나는 것은 잡초들이 존재하기 때문입니다.

전혀 주인공이 될 수 없는 이들이지만 영원한 조연으로 세상을 굳건히 받쳐 주는 이들의 말 없는 헌신이야말로 우리들이 예찬해야 할 대상인 것입니다.

그러고 보니 내가 기대하는 자녀들의 이상적 모습은 온실 속의 화초가 아니었습니다. 밟아도 밟아도 아랑곳하지 않고 자신의 자리를 고수하는 진한 생명력의 잡초 같은 아이들이었습니다.

늘 밝은 미소로 주변에 빛이 되는 아이, 이 아이가 없으면 왠지 허전하고 망설여지는 그런 아이.

내가 아이들에게 바람이 있다면 쓰러지더라도 다시 당당하게 홀로 서는 모습일 것입니다.

땅을 일구는 기쁨

서울에서 태어나 도시에서만 살아왔습니다. 농사라고는 지어 본 적도 없고 그 모습을 구경 한 번 한 적 없는 도시 사람이었습니다.

흙과의 체험은 군 생활 때 모내기 나갔다가 '밥만 축내는 인간'으로 예우 받은 것이 내가 접한 유일한 흙과의 만남이었습니다.

비록 도시를 벗어나 농사가 가능한 곳으로 이사를 하였지만 몸만 왔을 뿐 농사를 짓겠다는 생각은 꿈에도 못했습니다.

우연치 않게 친구와 동행한 이가 '종자'와 관련된 일을 하고 있었습니다. 대화 끝에 포트로 된 종자 몇 판을 주겠다고 하기에 고맙게 받은 것이 내 농사의 시작이었습니다.

종자를 심을 땅이 없어 삽 한 자루를 들고 집 뒤 야산을 밭으로 일구었습니다. 종자를 준 지인은 기특했던지 올 때마다 한 아름씩 종자를 갖다 주었습니다.

내친김에 친구에게 산나물 종자도 부탁했습니다. 이곳으로 이사 오기 전 봄이면 어머님을 모시고 강원도 쪽으로 산나물을 채취하러 다닌 기억이 떠올랐기 때문이었습니다.

칠십이 넘은 어머니는 제대로 걷지 못하는데도 불구하고 나물을 채취하러 산에 가면 속된 표현으로 날아다닙니다.

난 그 모습이 좋아 봄이 되기만 하면 어머니를 재촉하여 산으로 향했습니다.

어머님은 시집오기 전 외갓집에서 산나물을 뜯던 시절을 종종 회상하곤 했습니다.

"내가 철이 들 무렵부터 산나물을 뜯었단다. 마을에서 내가 최고였지. 욕심이 많은 탓에 다른 이의 손을 타기 전에 이 산 저 산의 나물을 몽땅 다 채취했었지. 장에 나가 그 나물을 팔고 그 돈으로 모내는 일꾼들 품삯을 주었단다."

이제는 아흔을 한참 넘으신지라 예전처럼 왕성하게 산나물을 채취하러 다니지는 못하십니다.

입맛이 유독 까탈한 아내도 어머니의 나물 무치는 솜씨만큼은 제일이라고 침이 마르게 칭찬했습니다.

어차피 밭을 일구고 농사를 지을 것이면 어머니의 먹을거리만큼은 내가 챙겨야겠다는 욕심이 생겼습니다.

초봄에 두릅을 필두로 구기자순, 강낭콩, 쌈 채소류, 오디, 감자, 자두, 옥수수, 고추, 복숭아, 밤, 포도, 고구마 ….

농사로 수익을 올리는 것이 아니니 온갖 과일나무와 밭작물들은 거의 다 심었습니다.

그러기에 봄부터 늦가을까지 거의 매주 새로운 작물들이 쏟아져 나오고 그것들을 어머니와 장모님에게 갖다 드립니다.

연로하신 두 분의 얼굴은 거의 매주 당신들을 찾는 내 모습에 삶의 의미를 찾으시는 것 같아 기뻤습니다. 내가 조금만 땀 흘리면 두 분 얼굴에 이토록 행복한 미소가 차고 넘치니….

이렇듯 당신들이 무탈하게 계셔주신 것이 고맙기만 합니다.

수백 평의 땅에 골고루 밭작물을 심은지라 누구든지 우리 집에 오면 한 아름의 밭작물을 가져갈 수 있습니다.

간간이 결혼한 조카 가족들이 찾아옵니다. 도시에 살 때는 한 번도 온 적이 없는 조카들입니다. 그들이 떠날 때에는 항상 차 뒤 트렁크에 밭작물들이 가득 실려 있습니다.

친구들 내외도 자주 찾아옵니다.

요새는 문화가 바뀌어 친구 집에 방문하지 않는 것이 예의라고 합니다. 하지만 내 친구들은 스스럼없이 자주 찾아옵니다.

"친구에게 이렇게 보시하면 복 받는다."

"넌 틀림없이 천국 갈 거다."

친구들의 입에 바른 소리지만 스스럼없이 저의 집을 방문할 수 있는 것은 우리 집에 오면 마음이 그리 불편하지는 않기 때문입니다.

이것은 모두 아내 덕분이라고 할 수 있습니다.

아내는 아무리 많은 사람들이 찾아와도 항시 미소 지으며 반가이 이들을 맞이합니다. 어떤 때에는 내가 모르는 작물을 먼저 싸주기까지 합니다. 더욱이 내가 키운 작물은 완전 100프로 유기농 무농약이기에 지인들의 만족도는 엄청 높습니다.

때로는 인사치레로, 때로는 더 많은 양이 필요한 지인이 말합니다.

"이렇게 만드느라 돈도 들어갔을 것이고 너도 고생했으니 사겠다는 사람한테는 파는 게 어떠냐?"

"쓸데없는 소리 하지 마라. 사람이 한 번 돈맛을 들이면 저절로 인색해질 수밖에 없다. 내가 정성껏 지은 작물이 내 모친과 장모님 입에 계절을 이야기 해 주고 그 여분으로 내 지인들의 마음을 풍요롭게 하는데 이보다 남는 장사가 어디 있냐? 이런 것에 돈이 결부되면 지금 '이 세상에서 내가 제일 행복한 사람이다.'라는 자부심이 사라져버리게 된다. 내가 왜 밑지는 장사를 하냐? 내가 바보냐?"

흙 이야기

인디언들은 대지를 어머니라 이야기합니다.

우리들의 먹고 입는 것, 안락한 잠자리까지 마련해주는 대지를 경외, 존경, 사랑의 대상으로 여겼습니다. 그들은 이 세상 모든 생명은 대지의 것이라 생각하고 먹는 것도 최소한의 것만으로 자연과 공존하며 큰 변화 없이 삶을 영위합니다.

나의 짧은 시각으로는 인디언들처럼 가슴으로 어머니를 만나지는 못하지만 나도 그의 은혜로운 모습만큼은 보았기에 감히 글로 옮겨봅니다.

큰 어려움이 있었던 이후, 혼돈의 늪에서 답답한 마음을 이기지 못한 나는 밭으로 산책하러 나갔습니다. 그동안 한 번도 밭을 돌보지 않았기에 무성해진 잡초들이 내가 심은 채소들을 뒤덮고 있었습니다.

무심결에 잡초를 뽑았습니다. 7월 중순 한낮의 땡볕 아래 땀을 뻘뻘 흘렸지요. 수십 일을 뿌연 혼미함과 답답함으로 가득 차 있다가 허리 한 번 안 펴고 잡초를 뽑노라니 온몸에는 땀이 비 오듯 흘러내렸습니다. 하지만 머리만큼은 깨끗하게 맑아지고 있음을 느꼈습니다. 나를 짓눌렀던 그 무엇이 소리 없이 사라져 버렸습니다. 알 수 없는 묵직한 통증이 사라져 버렸습니다. 몸은 솜털처럼 가벼워졌습니다. 이렇게 산뜻하고 쾌적한 기분은 사고 이전에도 별로 없었던 것 같습니다.

땀에 절은 육신을 끌고 나무 밑 잔디에 앉아 담배를 피워 물었습니다. 오랜만에 만나는 평온함이 너무나도 좋았습니다.

'어떤 생각, 그것이 잡념일지라도 대지의 체온과 입을 맞춘다면 어머니가 자식의 상처를 보듬듯 어루만지며 사랑으로 마음의 병을 치유해 주신다.'고 합니다.

내가 깊은 상처로 시름에 젖었을 때 그 누구도 나를 위로할 수 없었습니다. 그런데 흙을 만지고 있으니 그 순간에는 아무런 고통이 존재하지 않았습니다.

잡초를 뽑고 나니 잡초 속에 묻혔던 고추, 토마토, 가지들의 형체가 보였습니다. 손길이 안 간 탓에 부실하지만 내 손끝의 체온을 느끼자 반가운 미소를 짓습니다.

그들은 나에게 한 마디 불만도 토해내지 않았습니다. 조금은 야속하고 섭섭했으련만 이제라도 자신을 잊지 않고 찾아온 나의 모습에 행복해하는 것 같았습니다.

흙은 이야기합니다.

이것이 진정 살아가는 모습이라고, 내가 조금만 손길을 건네면 주변의 많은 것들이 행복해진다고, 그리고 그 모습을 보는 이도

행복해질 거라고, 대지는 언제나 내 곁에 있고, 나를 보고 있노라
면 진정한 삶의 이야기를 듣게 될 거라고….

이후 나는 머리가 둔탁해지면, 남들이 말하는 스트레스라는 것
이 내 목덜미를 잡으려 하면 흙으로 달려갑니다. 그리고 몸과 마
음으로 그들과 이야기합니다.

평화와 안식이 내 몸을 끌어안습니다.

흙은 정직한 존재입니다. 무한한 애정으로 그를 어루만지면 좋
은 결실로 응답합니다.

흙은 모성애가 있습니다. 낯설은 마음으로 흙을 밟아도 따뜻한
미소로 화답합니다. 흙은 늘 그 자리에서 한결같은 모습으로 나
를 기다려 주고 있습니다.

나는 비로소 깨달았습니다.

'아낌없이 주는 나무' 이야기의 실체가 매일 내가 밟고 있었던
'흙'의 이야기이었던 것입니다.

백 세를 앞둔 어머니

수필이든 자서전이든 어떤 종류의 글을 쓰더라도 '어머니'라는 단어 앞에서는 겸손해집니다.

무한한 사랑과 헌신이 무한정 터져 나오는 마르지 않는 샘물이기 때문입니다.

백 세를 앞둔 나의 어머니는 내 어떤 행동에도 나무람이나 꾸중을 하지 않으셨습니다. 욕설이나 험담 같은 것조차 단 한 번도 자식들에게 해 본 적이 없으셨습니다.

나에게 좋은 일이 생기면 당신의 가슴에 훈장으로 새기시면서 스스로 행복해하시는 그런 분이셨습니다. 내가 잘못한 일이 있으면 그것을 '자신의 잘못'이라 생각하셨습니다. 혹시 내 가슴에 상처가 될까 봐 뒤돌아 앉으셔서 '지그시 홀로 눈물을 삼키시는 모습'이 내 잘못에 대한 어머니의 화답이었습니다.

그런 모습이 너무나도 가슴 아파 어머니의 가슴에 상처가 되는 일을 하지 않으려고 무던히도 노력하며 살아왔습니다.

아버님은 내가 중학교 2학년 때 돌아가셨습니다.

아버님이 계실 때에도 집안의 대소사는 모두 어머님의 몫이었습니다. 하지만 어떤 어려운 일에 처해도 자식들 기죽이면 안 된다는 생각으로 남부럽지 않게 자식들을 키우셨습니다.

아이들 다섯 명이 배고픈 참새의 입으로 어머니의 호주머니를 뒤졌습니다.

철없던 나는 무자비할 정도로 어머님의 호주머니를 강탈했지만 때로는 알고도 미소로서 넘어가시며 오로지 자식만을 위해 헌신하면서 살아오셨습니다.

철들기 전까지 '눈'으로는 어머니의 존재를 알았지만 '가슴'으로 어머님을 알지는 못했습니다.

군대에서 있었던 일이었습니다.

아침 기상 시 일어나 조회를 위하여 운동장으로 나가려는데 군대 고참이 자신이 '상급자'라는 이유만으로 나에게 주먹질을 했습니다. 순간 화가 치솟아 '이 놈을 패주어야 한다'라는 생각뿐이었습니다.

자존심이 강한데다가 누구한테도 맞는다는 것은 상상도 해본 적이 없었기에 주먹이 부르르 떨리는 것을 느꼈습니다. 아무리 군대라고는 하지만 한주먹감도 안 되는 놈에게 이렇게 맞는다는 것은 아무리 생각해도 참을 수 없는 일이었습니다.

하지만 고참을 때린다는 것은 극단적인 상황에서 그를 죽이고 나도 죽는다는 각오여야만 가능한 상황이었습니다. 저런 놈한테 맞고 참으려 하니 입술에 경련까지 일었습니다.

분노의 불길이 점점 더 타오르는 순간 어머니의 모습이 떠올랐습니다. 군대에 입대하는 모습에 눈시울을 적셨던 당신 모습이 생각났습니다. 군대에 갔던 큰형님이 얼마나 어머니 마음을 상하게 했던지….

더욱이 그 때는 아버님이라도 계셨지만 지금은 앞으로 발생할 모든 것을 어머님 혼자 감내해야만 한다는 생각이 들었습니다.

이 순간을 참지 못해 생긴 결과로 인해 고통받으실 어머니의 모습이 내 울분을 삭여 주었습니다. 잠재의식 속 어머니의 그림자가 현실 속에서도 얼마나 큰 그림자가 되어 나를 지켜주는지를 절실하게 느꼈습니다.

어머니는 마시는 물과 같은 존재입니다. 평상시에는 존재조차 흐릿하지만 절체절명의 위기 속에서 내가 살아가는 의미와 사연이 되기 때문입니다.

제대 후 결혼을 하고 자녀를 낳아 가정을 꾸리고 가장이 되었습니다.

아직도 어머니에게 있어서 나는 '품 안의 자식'입니다. 매일 문안 인사를 하면 당신은 언제나 한결같은 마음으로 나의 안부와 안위를 걱정하십니다. 연세가 올해 95세인데도 자식 복 없으신 당신은 손수 식사를 마련하십니다. 더욱이 몸이 불편하신 셋째형님과 함께 생활하며 형님 수발까지 직접 챙기십니다.

어머니는 시골 출신이어서 산나물과 채소를 좋아하십니다.

10년 전 우연히 구리로 와서 살게 되면서 어머니의 먹거리만큼은 내가 책임져야겠다는 생각이 들었습니다. '농사의 농'자도 모르는 내가 야산을 개간하여 밭을 만들었습니다.

계절별로 어머니에게 먹거리를 가져다드리면 좋겠다는 생각이 들었습니다. 온갖 야채류와 각종 묘목을 심었습니다. 그러한 결실들이 오래지 않아 나타났습니다.

2월에 '단풍나무 수액'을 필두로 늦가을 도토리묵까지 제때의 먹거리를 가지고 거의 매주 어머니와 장모님에게 들를 수 있게 되었습니다.

나를 모르는 이들은 이렇게 말합니다.

"효자입니다."

나는 절대로 효자가 아닙니다. 단지 내 자신의 부족함을 속이기 위한 '위선된 행동'을 할 뿐입니다.

어머니 집에 가는 길은 언제나 즐겁고 행복합니다.

이제는 노환으로 내가 가져다드리는 먹거리마저 손사래를 치십니다.

"이제는 나이가 먹어 이것들을 씹을 수가 없단다."

이런 모습을 보면 가슴이 저밉니다. '불효'의 그림자가 나를 어둡게 합니다.

얼마 전까지만 해도 나의 방문에 행복한 표정을 지으셨는데 이제는 노인정에 가는 것조차, 식사를 하시는 것조차 힘겨워하십니다.

　둘째형님이 어머니에게 말씀하십니다.

　"어머님이 오래 사셔야 자식들이 우애 있게 지냅니다. 어머님이 돌아가시면 형제들이 지금처럼 돈독하지는 않을 겁니다. 그러니 형제들 화목을 위해서라도 어머님은 오래 사셔야 합니다."

많은 식구.

하루에 최소한 한 명 이상 친인척들의 숙식.

어떤 경우에도 어머니는 모든 사람들에게 한 번도 식사를 제공하지 않은 적이 없었다. 그 많은 식사를 매번 손수 지어 따뜻한 밥으로 주었지 찬밥으로 준 기억이 없다. 새벽 5시에 시작한 밥 짓기가 어떤 때에는 밤 11시가 되어야 끝이 났다.

그런데도 어머님의 생신은 누구 하나 기억하여 주는 이가 없었다.

초등학교 3학년부터였다.

난생 처음 저금이라는 것을 하였다.

그리고 어머니 생신이면 어머님의 손을 억지로 끌고 불고기집으로 모시고 가 점심을 대접하며 선물을 챙겨드렸다.

어머님의 미소에서 난생 처음 '행복'이라는 놈을 만났다.

행복은 '받는 것'이 아닌 '주는 것'이 라는 것을 깨달은 이후 내가 '이 세상에서 제일 행복한 사람'이라는 것도 자부하며 살았다.

역사는 반복된다.

가정사도 반복된다.

형님들의 눈빛에서 지인들의 입에서 '자신은 아버지처럼 살지 않겠다.'고 이야기 하였다.

하지만 모두는 아버지의 모습이 되었을 때 '자신의 모습에서 아버지의 냄새가 난다.'라고 하였다.

부모님한테 받은 것을 소중한 내 아이들에게 돌려주고자 부족한 모습이지만 최소한 후자의 넋두리를 하지 않기 위하여 노력하며 살고 있다.

결혼 전 나의 등대는 어머니였다.

결혼 후 나의 등대는 아이들이었다.

하지만 내 인생의 영원한 등대는 사랑하는 나의 아내다.

아이들에게 바람이 있다면
쓰러지더라도
당당하게 홀로 서는 것입니다.